我走过最长的路，是你给我的套路

马叛　著

新世界出版社
NEW WORLD PRESS

图书在版编目（CIP）数据

我走过最长的路，是你给我的套路 / 马叛著 . -- 北京：新世界出版社，2016.11
ISBN 978-7-5104-6012-8

Ⅰ．①我… Ⅱ．①马… Ⅲ．①随笔—作品集—中国—当代 Ⅳ．① I267.1

中国版本图书馆 CIP 数据核字（2016）第 250412 号

我走过最长的路，是你给我的套路

作　　者：马　叛
责任编辑：董晶晶
责任印制：李一鸣　黄厚清
出版发行：新世界出版社
社　　址：北京西城区百万庄大街 24 号（100037）
发 行 部：（010）6899 5968　（010）6899 8705（传真）
总 编 室：（010）6899 5424　（010）6832 6679（传真）
http://www.nwp.cn
http://www.nwp.com.cn
版 权 部：+8610 6899 6306
版权部电子信箱：nwpcd@sina.com
印　　刷：中印南方印刷有限公司
经　　销：新华书店
开　　本：787mm×1092mm　1/32
字　　数：200 千字　**印张：**8.5
版　　次：2016 年 11 月第 1 版　2016 年 11 月第 1 次印刷
书　　号：ISBN 978-7-5104-6012-8
定　　价：36.80 元

序言

自古深情留不住，总是套路得人心。但这套路也是有度的，用多了，总会适得其反。毕竟大家都不傻。有时候不明说，不代表对方不觉得你在侮辱他的智商。

这本书主要是讲套路，所以写得有点毒舌，一反我过去温情暖男的风格。（读者：你什么时候温情暖男了，搞笑卖萌无厘头才是你的本性好不好。）

反正我很担心，读者看完这本书，会觉得我太刻薄，什么事情都要吐槽，虽然可以吐槽得很搞笑，但更多的人，可能觉得还是宽容点、忍耐点好。

其实也正是因为宽容的人多了，忍耐的人多了，我才想到要写这么一本书，能够让人少走点弯路，少中一些套路，就算被骂毒舌，也没关系啦。我就是这么的舍己为人。（才怪！）

虽然说吃一堑长一智，但是如果时光能够倒流，我一定不会选择去吃那一堑。如果回到十七岁那年，我一定不会选择那个一边说爱我，一边和我的好朋友暧昧的女朋友；如果回到十九岁那年，我一定会远离那个合作前各种甜言蜜语，合作后翻脸无情卷钱跑路的图书策划人；如果回到二十四岁那年，我一定不会进那个工作一个月就倒闭的公司；如果回到几个月前，我一定不会和那个坑爹的装修公司签约……

如果时光可以倒流，想要绕道避开的人和事有很多很多，可惜时光是无法倒流的，人生只有一次。这些坎坷，有时候不能让我们成长成熟，不能让我们的人生变得更美好。

这些坎坷，很多时候只会让我们觉得失望，觉得这个世界不会好了，严重的，甚至会自闭厌世。每个人生来都是一张白纸，我们的人生变成什么样，全看经历了什么。

如果从小就被善待，到死经历的全是美好，那么就会觉得这个社会是温暖的。如果从小就被虐待，一直被欺骗被坑害，那么就会觉得这个社会充满恶意，就会失望绝望。

更多的人，则是处在中间状态，时而被善待，时而被虐待；时而信心满满，时而失望失落。而且失望失落的时候，常常多一些。写这本书的初衷，就是希望能够尽可能地让大家减少一点失望和失落，看清这个复杂社会的本质，让自己的人生尽可能地简单美好一些。

目录 CONTENTS

上卷

少一点套路

1

下卷

多一点真诚

我走过最长的路，
是你给我的套路

上卷

少一点套路

一切都是有代价的，我曾经比你混得更惨更不如意，唯一不一样的就是我坚信未来会好，我咬牙饿肚子坚持了下来。

老板的套路

我年少的时候，很容易被怂恿，很容易被老板、导演之类的人画的大饼诱惑。

例如说跟着我干，多久多久把你的小说拍成电影；来杭州，我这里缺一个得力的策划人；来上海，我们一起成立一个公司。

其实真相是，导演自己也不知道自己什么时候拍出新片；老板自己也不知道自己的公司还能支撑多久；合作伙伴需要你的帮忙，但同时他也对一群人说了同样的话。

你是他们的那根稻草没错，但这不是关键，关键是他们在水里。

最后他们并不能帮你做到什么，甚至可能把你一起拉进深潭。

还有些出版商，喜欢让你改稿子，改一百遍，其实他们自己也不知道他们想要什么样的稿子，他们只是觉得，改改可能会好些，可能会畅销罢了。

现在我再也不会为任何人的善意恶意的建议而改稿子了。

再也不会相信跟着谁混就能有出息了。

只能靠自己。

如标题所示，老板也好，导演也好，这些人会找你，是因为你本身存在价值，哪怕只是值得一骗的价值。

如果你一文不值，根本不会有人理你。

所以找到了工作后，不必胆战心惊，不必小心翼翼，不必摧眉折腰。认真是有必要的，更重要的是，端正心态。

你做好你的工作，让公司发展得更好，就足够了。公司给你的钱，大致等于你赚了一千，分你五百。双方是平等合作关系。

只有足够重视自己，才会被人重视。

在让别人尊重你之前，要先自尊自重。

前阵子有句话说，当你一文不名的时候，要收起你的自尊心。

说这句话的人，该是多么的不要脸。

无论到什么时候，自尊心都是第一位的，比成功更重要。

一个不知廉耻的人，成功了，也不会被尊重。

有时候看到新入职的职员被领导骂，还唯唯诺诺不生气，事后还觉得自己被骂醒了，还觉得领导骂他是为他好，我心里是悲哀的。

如果一个人要靠被骂来进步，那也确实是贱到一定程度了。

同样，一个领导如果不能好好地指引下属，教导别人的方法只是发火撒气骂人的话，这个领导也没什么真本事。

我们这一生很短，除了父母和恋人，没必要受任何人的窝囊气。

可能有人会说，万一领导骂我我不服气，被开除了怎么办？

被开除了，你就去找新工作，这个世界很大，不要把自己局限在一个小圈子里。

勇气有多大，世界就有多大。

我们的忍耐和爱，要留给那些值得的人。

我过去连父母的窝囊气都不愿意受，父母骂人，我就离家出走；老师骂人，我就退学。一意孤行到现在，再也没有人说我的不是。

有时候我会想，这是不是侥幸？

但转念一想，人生没有什么事情是必然的。既然未来是未知的，那么我们就可以按照我们想要的方式去生活去拼搏。你忍了，未必得到；不忍，也未必会失去。那还忍什么？

旅行的套路

我一直觉得，去旅行，心情好会觉得荒山野岭也别有一番风趣；心情不好，则是山清水秀也会觉得索然无味不过如此。

直到到了济南，才发现，不管心情怎么样，有些地方，就是能让你瞬间觉得中了那些擅长描写风景的作家的套路，明明是一潭死水奇臭无比，他们也能写得生动绮丽让你忍不住想喝一口。

我到济南的时候是夏天，刚下出租车，还没到酒店，我就闻到了一股腐臭的味道，此后这股奇怪的味道伴随了我三天，直到我要离开济南时，才发现那是城市中间已经断流的河道里淤积的垃圾被阳光曝晒之后的味道。

伴随着这股子胜过北京雾霾的味道，我走访了千佛山、大明湖、趵突泉，在游完回酒店的路上，被一场大雨淋成了狗，成功感冒。

雨停时去买药，走了三条街，愣是没有看到一家药店。我忍不住想，要是我在济南开家药店，肯定可以赚大钱。这里的药店匮乏到，买盒白加黑或者创可贴可能都得去医院挂个号。

不过很多城市都有类似的问题，问题较轻的北上广挤满了人，想打个出租车都很难。济南的这些问题，起码成功地起到了避免有太多人涌入这个城市的作用，起码缓解了济南的交通，让大家有车可打，有路可走。

写到这里我又想起了以前的一些事情，我发现不管多么美好的地方，再去的时候都会发生很大的变化。例如曾经凉快的峨眉山，几年后去玩，随着地球变暖热得不行；曾经很破旧的成都，在地震后一跃变成了繁华的中国第四城。我是第一次到济南来，可能几年后再来，这里会变得更差，或者像长沙和成都那样在有了地铁之后变好。

所以我看到的济南的夏天，就仅仅是 2016 年的济南的夏天，就像老舍笔下的济南的冬天，也永远停留在他回忆里的那一年。

一切都在变化，当不知道未来会如何的时候，去批判，去抱怨，倒不如怀着一份期待去等待。不过除了一开始的不快，济南还是有不少好玩的东西的。

刚住下来的第一天，就吃到了九转大肠和糖醋鲤鱼，以及比陕西的肉夹馍更好吃的陕西肉夹馍和比北京的驴肉火烧更好吃的北京驴肉火烧。似乎一切美食经过了山东人的改良之后，都变得更好吃了，山东人比其他地方的人更高一些，可能也是因为这个原因。

说到身高，在大明湖畔，看到了乾隆皇帝和夏雨荷的雕塑，我惊讶地发现夏雨荷比乾隆高出了将近一个头。遥想当年，乾隆爷可能就是因为这身材喜欢上山东妹子的吧。

趵突泉不像我想象的可以喷射出水面半米高，更像是烧开了的一盆水，咕噜噜咕噜噜，不过那水足够清澈，足够凉爽，能够看到水底迷信的人们丢的硬币。

说到迷信，走到文庙的时候，我还拜了孔子，希望他保佑芙蓉街上那家论斤卖盗版书的书店早点倒闭，那样的书店开在芙蓉街那种人山人海的地方，实在有辱斯文。

最让我喜欢的还是千佛山，足够高，附近还有大学，让人忍不住想，在这样的地方上学，谈一场恋爱，没事爬爬山，四年后就算分了手，也可以拥有一个不错的身板儿。

山顶的兴国禅寺也不错，去的时候正好赶上僧人诵经，再躁动的人听了那声音也会静下来。每次在寺庙看到僧人我都会想，在这个空前发达的时代，物质诱惑那么多，这些人还能守住心在山上在寺庙里度过一生，比起他们所舍弃的东西，我所经受的坎坷挫折又算得了什么。

差点忘了，大明湖畔还有一个像大理的天龙山一样可以挂同心锁的地方，我人生第一次把我和我喜欢的人的名字一起刻在一把锁上，希望那把锁可以锁住我们的心，让我们永远在一起，永远相爱。虽然从某种程度上来说，我们是中了锁商的套路，但是这可能是为数不多的让我中得心甘情愿且满心欢喜的套路。

我的套路

最近一直有人问我的生活作息，说很想学习一下，一个未满二十岁就靠出书成名，未满三十岁就写了三十本书的人，太励志，太值得学习了。尽管可能除了《陪伴是最长情的告白》《我不愿平平淡淡将就》《最后一个女朋友》《深埋心底的名字》《别怕有我》《光头女友》之外，也没多少人知道我还写过别的作品。

也可能上面我罗列的这一堆你也是第一次听说。

不过对于虚心求教的人，我基本上来者不拒，如实回答，我凌晨四点起床，早上八点去上班，下午五点半下班，晚上九点睡觉。

每天至少睡七八个小时，从不熬夜。不去酒吧也不抽烟或者赌博，甚至对看球也不感兴趣，唯一热爱的象棋也因为找不到对手而很多年没下了。

很多人看了这样的回答后都觉得自己很难坚持，大家都习惯晚睡晚起了，新时代的年轻人，可以不抽烟喝酒看球，但怎么能不熬夜呢。

其实对于个人的成功来说，熬夜不熬夜并不重要，我上面的回答，其实也是一种套路。每个人都有各自的生活习惯，你爱吃葱就吃葱，我爱吃蒜就吃蒜，你不能因为我长寿了就认为是蒜的功劳。我也不会因为你早夭了就觉得葱是致癌物。

我从小习惯早睡早起，你让我坚持不睡觉，或者睡醒了坚持不起床，那才是折磨。比起抽烟喝酒看球，酣畅淋漓地睡觉对我诱惑更大。

而写作这种事情，和几点睡觉、每天写几个小时更是一点关系也没有。从我个人的角度来说，能让我写三十本书的，是我十四岁退学，在国内行走了十五年的经历。没有这些经历，想破脑袋我也写不出来。如果我和别人一样按部就班地读书工作，我觉得我根本不可能写出与众不同出类拔萃的小说来，所以归根结底，还是经历最重要。

我到现在也还在行走，写这篇文的时候，我刚刚准备离开济南去徐州，然后去长沙。前几天在北京，再往前一个月在成都和重庆，再往前按月算分别是武汉、滕州、杭州、上海、郑州、合肥、南京。几乎每个月，我都会出去玩一周，偶尔不能去太远的地方，也至少要离开常住的城市一百公里以上。

有人就会问，你不是还要上班吗？

事实是，说出来我公司的老板可能会生气，对于我来说，上班只是为了不和这个社会脱轨，仅此而已。以我的性格，随时可以请假，随时可以辞职。2015年我就辞职在家玩了一年，还抽时间去了草原、沙漠、海边。很多地方不同的时间去会有不同的感受，中国这么大，任何一个省都有无数城无数山无数河，足够一个人走上二十年。二十年后，又可以去国外溜达。就像我过去说的，人这一生是看不完所有好看的书的，也走不完所有美好的地方，既然如此，我们只能尽可能多看多走，怎么能把时间都浪费在工作上呢。

可能有人会说，你是站着说话不腰疼，不工作怎么有钱出去玩，又不是人人像你这样才华横溢。可是事实上，我也不是一出生就才华横溢，我在二十岁之前都非常普通。我和我的男性朋友一起逛街，一起外出游玩，姑娘们都是冲我的那些朋友献殷勤，总是忽略我。我和女性朋友们一起逛街，永远是逛完就散，她们永远不会跟我回去过夜。

我一度普通到自己都厌恶自己，刚参加工作的时候，月薪才六百块。后来因为持续写作，因为认真工作，才一点点变得不那么普通了。

所以说，当你还没有付出过的时候，就不要想收获；当你刚毕业不能给公司贡献价值，甚至还需要公司花钱培养你的时候，就不要要求高薪；当你还没像我一样读万卷书行万里路的时候，就别羡慕我可以随意出书；当你没有像我一样出了三十本书的时候，就不要羡慕我可以随时请假辞职。（作者友情提示：这段写得好装 × 的，下段可能更装，做好心理准备。）

一切都是有代价的，我曾经比你混得更惨更不如意，唯一不一样的就是我坚信未来会好，我咬牙饿肚子坚持了下来，那种坚信也可以说是盲目自信，但是对于那时候弱小平庸的我来说，那种盲目自信非常重要，因为除了我，没有人相信我能够成功，如果我自己也不相信自己，那就只能沦为普通人了。这里也不是说普通人不好，只是说，你甘于平凡你平凡也快乐，你不甘于平凡就努力去拼搏，不要自欺欺人，不要三观不正，不要乱攀比搞乱了心态。

话说回来，如果一个人想兼顾家庭兼顾工作还想兼顾写作，那基本上不可能写出好东西，因为人的精力是有限的，你太贪婪了，结果肯定是贪多嚼不烂。如果你想投身写作，首先要考虑清楚，你得放弃非常多常人习以为常的东西。

例如无聊的聚会，例如让人心动的邂逅，例如可以带来稳定经济收入用来保障生活的工作。你得适应并且习惯孤独，习惯不被理解，甚至习惯被误解被嘲笑被忽略。

在想得到任何东西之前，你都得做好失去一切东西的准备。这是大自然的套路，永恒不变。我们有时候，必须遵守一些固定的套路。毕竟这个世界上没有什么事情是有捷径的，即便有，也不属于大多数人。

装修的套路

因为装修，我对长沙这座城市的全部好感都喂了狗。

这是我第二次装修了，原以为已经对装修这件事烂熟于心，不会因为选择地砖、改变水路线路或者做防水以及墙面用油漆还是壁纸而烦恼，结果还是错了。

装修第一套房子的时候，是在老家，因为家里有做建材批发的生意，所以我对原材料不是很担心，我只担心能不能找到靠谱的装修工人。

通过朋友的介绍，倒是找了个不错的木匠，但是他只在开工第一天来了一下，后面就因为太忙而转给了他的朋友，他的朋友的手艺不足他的十分之一，做出来的衣柜和书柜奇丑无比。当然，我是在后来才知道这种靠手艺接了活却不做、转手给别人好从中赚个介绍费的套路的。

第一套房子从封阳台到改水电到铺砖，再到木工和刷墙漆，也不是完全没有靠谱的工人，铺砖的师傅还是不错的，刷墙漆的师傅也很靠谱。但是装修是个整体，有一个环节出问题，就够你烦心了。木工做得丑还能忍，封阳台封不好，一下雨就漏水进来，你是想忍也忍不了的。

有了第一套房子的糟心经历，第二套房子装修的时候，我就格外注意木工环节和防水环节，能买的家具我是绝对不会交给来路不明的木匠做的，该做防水的地方必须做足。

可惜，智者千虑尚有一失，我想得周全，做起来却是困难重重。首先因为离家太远，装修原材料我只能自己搞定，也因为在新城市人脉不够，而只能拜托装修公司。

我原以为，找大的靠谱的装修公司，多花点钱，就一定不会有烦恼。结果，大的公司收完设计费、工程造价费等费用后，还是随便找个施工队给你施工。就算不收设计费和其他乱七八糟的费用，他们也总能找到别的办法补上这笔钱。

多收点钱，如果能帮你把房子设计好，帮你在品质和进度上把把关，也不算是冤枉钱。可惜，越大的公司，单子越多，他们的施工队伍根本应付不了他们接的单子。结果只能是随便找几个人施工，还一再拖延进度。

第一次对长沙的装修公司发火，是因为施工队连怎么拆卸防护窗都不知道，不知道也不问我，直接砸了。砸完了给我打电话说要我给物业打电话开个放行条，他们要把砸下来的东西拿去卖废铁。第二次则是装修公司跟我说好刮掉原墙的保温墙和防水层，到施工的时候，因为施工队觉得难度大要加钱。这种先预收了一部分钱，草草做了预算，然后施工的时候增加施工项目，逼业主加钱，是装修公司的基本套路。我原以为大点的装修公司不会做这种事情，结果，也只是我以为而已。

更让人郁闷的是，铲除保温墙和防水墙这种事情，如果你自己不过问不主动加钱，施工队常常是懒得做的，反正做完之后短时间内墙面是不会开裂的，等到墙壁出问题的时候，已经两三年后了。

好在这些都还是小烦恼，比起买到一个豆腐渣工程的房子，或者存在欺诈行为的小区，装修中遇到一些问题其实不算什么。装得再差也可以砸了再装，只要有钱，没有什么是不能解决的。

让我感到失望的，永远不是事情的大小，而是从业人员的态度。长沙作为一个省会，装修从业人员的做事态度和装修品质，却一点也不比河南某个小县城好多少。

遇到问题我们可以解决问题，怕利润少可以提前谈好价格。设计各种圈套，找不专业的人冒充专业的人施工，只会让人感到恶心。对施工队的进度和品质感到恶心，会导致继而对他们服务的装修公司感到恶心；对幕后的装修公司感到恶心，会导致对整个长沙的家装行业感到恶心，继而对整个长沙的好感都降低。这就是所谓的“一颗老鼠屎，坏了一锅粥”。可惜的是，这样的“老鼠屎”已经存在了无数年，还会继续洋洋得意地存在下去。

当你无力改变这种局面的时候，似乎就只有离开这一条路了。经历了这些，我多少也有些理解了那些远渡重洋的人，比起层出不穷的小人嘴脸，或许异国他乡的孤独，反而更好受一些。

行文至此，装修公司又打来电话，说因为地面每平方米比预算和精算的高出了四公分需要加收每公分六块五的增项费用，需要再补交一千多块钱才能继续施工。

我已经习惯了，这种贼船上了就下不来了，因为所有费用都是预付了一大半才开始施工的，停工的话损失的还是我。过不了多久，必然又会收各种器具的安装费了。

所谓“吃一堑，长一智”，下一次装修，无论如何不能怕麻烦，每一项都要单独找工人来做，每一样材料都要自己去买。

À LOUER

成名的套路

“出名要趁早。”我十二岁的时候，张爱玲的这句话很红，蛊惑了大批青少年。后来韩寒也说过类似的话。我记得大概意思是，如果你成功得太晚了，很多快乐就享受不到了。

的确，你十七岁时渴望得到的东西，到你七十岁再给你，东西没变，你的心态却不同了。就像十七岁中状元和八十岁中状元一样。成名是固定的，人却只有一个人生，只有短短的几十年。

有很长一段时间，我信奉这句话，主要也是因为，我年少时太过清贫，不能给我喜欢的姑娘美好的生活，我常常想，假如我那时候像现在这样，那也许我们就不会分开吧。

出名，在很多时候，确实是一件好事，可以带来很多便利，甚至大于等于成功。但有时候也会变成压力。

如果你很有才华，或者很美，出名了就如同黄袍加身；如果你才华还不够，美貌还不够，出名之后，看到周围到处都是美貌有才的人，你就会自卑。所以会有很多明星整容，就是为了不恐慌，为了配得上自己的光环，甚至是为了不让喜欢的人，不让粉丝们失望。

如果本身不够优秀，又没有强大的内心，成名是会毁掉一个人的。

十二岁的时候，我渴望自己有很多朋友，被很多很多人认可，我仰慕那些光芒万丈的人。

如今十七年过去了，当自己经历了曾经向往的一切，过上了曾经向往的生活，才发现人生在世，努力进步是最重要的，出名不出名只能随缘。

所有光芒万丈的人，都有无法言说的苦衷、伤口和狼狈不堪。只是那些你看不到罢了。

就像我，一直把喜欢我的人当朋友，但还是有人，会把我置于很高的位置，甚至要求我的言行举止都要妥帖，不然就失望取关粉转路人。

即便我很努力，想要获得父母的认可和尊重，他们还是觉得写书不如做个保安什么的稳妥。

不管你做什么，总会有人不理解。因为他们无法了解到全部的真相，他们更愿意相信他们看到的。就像在我爸妈看来，保安的生活轻松自在收入稳定，作家的生活就像活在云彩里，缥缈虚空，所以他们便认定，我去做保安或者经商，都比写小说好。

所以说冷暖自知。

虽然独自奋斗的时候很苦，虽然不管你多努力，周围总有人比你好看，比你有更多人喜欢。

过去我常说，登上了眼前的山，就会看到更高的山。

虽然更高的山带来了压力和沮丧，但是，总比原地踏步，总比坐井观天强。许多人一辈子都在山脚蝇营狗苟，却喜欢对站在山顶的人说三道四。

我们在努力攀登的时候，不需要浪费时间对无关紧要的人解释，因为等有一天你登上了更高的山，就看不到山脚下曾对你指指点点的人了，你们的生活差距会越来越远。很多时候，我们的努力就是为了离开不喜欢的圈子、不喜欢的生活环境。

“出名要趁早”也是个套路，如果不够强大，还是不要太早地被人知道，不然会承受很大的压力，如果不能把这压力转化成动力，就会崩溃。

那么多人喜欢你，你有没有资格承受那么宝贵的热爱呢？

若你和过去的我一样，像个路人，就不用急着被人认可，先修炼好一技之长，等到修炼好了，才会有成功的机会。

不然总是急着被认可，急着有朋友，只会弄乱了心，浪费了时间，虚度一生。

张爱玲和韩寒的“出名要趁早”，是因为他们确实有足够的才情。如果你没有那样的才情，就先修炼吧，没有十年寒窗，没有昼夜练剑，扔到社会上，就会被现实吃掉，吃得渣儿都不剩，更不要说，有力气挣扎了。

网红的套路

女孩该不该蹲着？民间科学家应该不应该被尊重？《美人鱼》是不是烂片？价值观混乱，钱成了尺度？文艺青年是不是高人一等？

以上是最近的热点，我其实都看到了，想不看到也不行，朋友圈和微博都会被它们刷屏。

有时候就会有读者问，为什么你从来不对这些发表看法？作为一个公众人物，你怎么这么不关心时事？而作为一个自媒体人，不关心时事，就更不应该了。

我其实也认真地想过这个问题。

为什么我几乎从来没有对时事发表过看法？

明明知道凑热闹可以带来热度和更多的关注和粉丝，基本上所有的网红都是这样吸粉的。作为一个公众人物，主动放弃可以吸粉的事情，有点欠打。

仔细想想，我觉得，应该是因为我时间不太够用。而且我觉得，网红红一时，作品红一世。作为作家，还是要拿作品说话。

所以我大部分的时间都在写小说，我离写出我想要的那种小说还很远。

这种对时事的评价，包括这篇文，对于我来说，都属于不务正业的杂文。

甚至可以说我大部分的写作都是不务正业。

我理想的个人简介是这样的：历史学家，主要研究公元前两百年人类的思想行为，出版过五本历史学专著。（其实也不是吹牛，我是真的曾经把这个当作梦想，并且努力去实现了，只是认可的人屈指可数。）

事实上我的个人简介是这样的：畅销书《陪伴是最长情的告白》作者，年少退学，行走写作，出版单行本逾三十本，大都为青春爱情小说，在韩寒监制的“ONE·一个”发表多篇文章，均获得数万读者点赞。

这样一对比，就知道我心中的我，和现实中的我差距有多大了，为了缩小这种差距，我需要无数的时间去努力。

主观上来说，我有点讨厌这种行为，有点哗众取宠的感觉。没必要通过对一件事发表看法来证明自己的智商。而且杂文写得再好，也不能对我写小说有任何帮助，就像剧本写得再好，写小说也不一定行一样。

没时间加没必要，就导致我一直对时事沉默着，宁愿活在自己的小世界里。

心中不是没有块垒，只是似乎过了愤青、过了不吐不快的年纪。

只觉得那些俗事，都不过如此，都是过眼云烟，我吐槽不吐槽，那些都会过去的。

最后，女孩爱蹲着就蹲着呗，倒退几十年去延安，多少先辈都蹲在墙角吃饭，最后建立了中华人民共和国。

民间科学家也是科学家，尊重不分职业人种，我还是农民艺术家呢。

《美人鱼》是不是烂片？票房好就会有人骂是烂片，票房差就可以去国外拿个奖。

价值观混乱不混乱，钱都是一种尺度，古代发明了钱，就是用来做尺度交换的，你觉得不值得换不换就是了。不要总是觉得自己价值观正确，别人“三观”不正，说不定你骨子里也是个变态呢。

文艺青年是否高人一等么，我就不发表看法了。因为这个关键还是得看脸。

博物馆的套路

众所周知，我每到一个城市，都会去当地的博物馆和书店看看，如果这个地方的博物馆馆藏够丰厚，书店够有品位，那么这个地方对于我来说就算没白来。

这些年来，我去过的博物馆大概有几十个，最有诚意、展品丰富到成堆简直要摆不下的是山东省的博物馆，套路最深几乎看不到什么像样的展品的是安徽省博物馆，徒有其表逛起来很累却没有一点亲切感的是首都博物馆和上海的一些博物馆。

最有特色和味道、最适合消磨时光的是长沙的博物馆，我曾经专门写过一篇文纪念我在长沙简牍博物馆消磨的那些时光。

一个城市，有再多的高楼大厦都不稀奇，最难的是有历史感，有文化深度。如果五星级酒店旁边都是盗版书店，那么生活在这个城市的人也都不值得深交。

通过博物馆里唯美的石雕、精致的青铜器皿、华丽的衣饰，我们可以感受到过去那个时代的雍容大气，同时也会深深地为当代社会的粗鄙不堪感到愧疚。

寺庙让人心静心安，博物馆则让人浮想联翩，我写小说时诞生的所有疯狂的不着边际的灵感，都来自于博物馆。

博物馆里的许多展品，都经历过无数的主人，见证了无数的故事，大的有邦国的情谊，小的有男女的恩爱。透过那些久经岁月磨砺的珍宝，我们可以想象无数段波澜壮阔的人生。

我过去所写的《秦乱》《三国无双》《鲁班的奇书》《女王时代》《黄金帝国沈万三传》等武侠和历史小说，最初都是在博物馆里起的意念。

写作之外，博物馆还是个约会的好地方。这年头肯去博物馆的女孩子，基本上都是可以娶回家的贤妻良母。反之，喜欢去酒吧的女孩子，基本上都不适合娶回家。所以我每次谈恋爱，都会跟女朋友说，咱们出去逛逛吧，酒吧 or 博物馆，你选哪里？

如果是选酒吧，那么这段感情肯定很难长久。不仅仅是品质问题，更重要的是爱好不同。再好的女孩子，如果跟你爱好不同，那在一起也会很无聊。

难得的是我在二十岁的尾巴上终于找到了一个跟我一样喜欢泡博物馆的女孩子。博物馆里有许多稀世珍宝，例如镶嵌了几十颗蓝宝石的头饰，在地下沉睡了千年依旧灿烂夺目的黄金饰品，这些东西的存在，成功地遏制了现代人的虚荣心和占有欲。

女朋友在看完这些之后，顿时就觉得那些名牌奢侈品店的东西太虚了，真正华贵的东西都在博物馆，而且，不管你喜欢的东西多么美好，你个人多么强大，你也只能占有几十年而已。时过境迁，好东西终究要放进博物馆，而那些奢侈品，例如名牌包包和手表钻戒什么的，有几个值得放进博物馆呢？

逛完博物馆，会更加在意精神层面的东西，就像读完了一本漫长的历史小说，回到现实生活中，建设起个人生活的时候，会更加地谦逊和努力。

过去有人问，我理想的生活是什么？我回答说，活着时天天上报纸杂志的头条，被全世界人关注，死了进全世界最大的博物馆，被无数人永久瞻仰。

现在想起过去的言辞，会觉得有些幼稚，平凡度日也没有什么不好，但是如果有机会，我想自己建立一个博物馆，以自己的名字命名，把我这一生收藏的所有珍贵的东西，全都放进去。虽然到目前为止，我拥有的东西里，值得放进博物馆的，屈指可数。

画手的套路

我在2016年出版了可能是我最后一本古风小说《剑客没有剑》，听名字就可以感觉到，这本书是无厘头冷笑话式的小说。

过去，总结这本书的时候，我都是说，这是我写过的最好玩的最容易让人笑出声来、笑完又会感到很悲凉的小说。

现在，不能这么说了，因为新版只负责笑，悲凉的被我删掉了。另外就是，这本书现在总结起来，可以说是我十五年写作史、十年出版史上最不靠谱的一本书。

首先是书名，最初我是想写一本武侠小说，讲一个混乱的世道里，一个武林高手的成长经历，所以最初书名叫《乱世》，刚写几千字，就被《摩客》杂志看中并开始连载。

结果杂志做了两期，换了颜歌做主编，杂志的开本内容全部改了。

于是连载暂停，开始准备出单行本。最初是顺利的，投给路金波就收到了他的回复，然后开始改稿，准备出版，结果，因为那时候没经历过出版，和路老师沟通了几次后，最后的结果从确定出版变成了无法出版。

然后我就换了个出版公司，继续谈，继续按照出版公司的要求改稿……

大约经历了十个出版公司，改了无数次，最后，又改回了原样。

然后我已经麻木了。

这时候，我抽空写的自传体小说《谁的青春伴我同行》上市了，封面和版式都做得很丑。新人就是这样，很容易被忽视，被欺负。这可以说是出版的套路。

除了忍耐和坚持，也没有别的办法。

最后，终于有人肯出《乱世》了，但是需要改成《秦乱》，因为当时比较流行历史小说。

OK，反正是古代背景，武侠和历史，都差不多吧。（读者：差很多好吗，大大你要不要这么随意？）

再后来大家也看到了，《秦乱》上市，我又写了《三国无双》。

总之后面出了一大堆书吧，一直也不红，不温不火地混着。后来的后来，开始回头写爱情小说了，才突然之间被关注，才开始红了点儿。

到今年，从初版到再版，过去六年了。我从一个一千多粉丝的小众作者，变成了十万多粉丝的大众作者。

我想，我终于可以把我当年出过的那些书，好好地包装一下了。

过去出得太潦草了，包括那时候的笔名也是随便取的。那时候就是随便写写，谁知道会一写十多年，谁知道还越写越红了。

我以为这一切很简单的。

结果。

就在我写这篇文的时候，封面画手消失了。

真的消失了。

凭空地。

我问我对面做漫画杂志的同事，画手消失这种事情，在出版史上很正常吗？

他们说，很正常，消失几个月的都有，画手都是有一百种理由的。

我想哭。

真的，尽管这种事情有过先例，但为什么偏偏让我遇到了？

而且画手也没有说什么理由，就是消失了，约好了交稿时间，到了那天，人就没有了。

只好找新的画手。

好在在封面画手之前，我约的插图画手还是很靠谱的。

如果不是她，我简直要对整个古风画手界绝望了。

我另外一个朋友跟我说，你太多年不写古代背景的文了，和古风画手不在一个次元，你是不能理解他们的世界的。

我是真的不能理解，好好的一个人，怎么说消失就消失了呢?

我写这篇文没有别的意思，就是想不通，为什么要消失呢？

如果画不出来，画不好，不想画，可以直接说嘛，为什么要消失呢?

想不通，就只好不去想，不然我可能会疯。

现在，只能期待新画手了。

其实我对这本书是非常期待的，不然我也不会纠结这些事情了。

新版里除了有我亲自挑选的很棒的插画，还有责编设计的会动的赠品。

连开本，都是独一无二的异型书。

可是这些都没有用，画手才不管你要做什么，可能一言不合，她就消失了，然后截至目前，再也没有出现过。

写作的套路

一个月看完一本书，对于我的阅读速度来说，是有点慢的，一个月，我至少要看完三本书。所以我不是很能理解有人跟我说，你出书太快，我看不过来了。

在作者的身份之外，我也是一个读者，我常常想，如果王小波活着，一辈子一直写，我就一直有书看，多好。

所以说看不过来的，我觉得应该是对我不够热爱，对阅读本身不够热爱。真正热爱我的人，每次晒书都是一摞一摞的，只会劝我保重身体，不会说你别写了。真正热爱阅读的人，会把看书当成吃饭睡觉一样的日常，三五天不读书，就觉得空虚难受。

难得我的好朋友焰三一跟我说，你现在写的文，比 2010 年我刚认识你的时候，好太多了。当然更多的朋友是说，你就像一个车间、一台打字机。这么说的朋友，通常都不看我的文。

其实我不是很在意数量问题，我更在意质量，只要不断地写，可以让我的文笔越来越好，那么其他的一切事情就都不重要。

我常常说，我是在练笔，我到现在快 30 岁了，写了 30 本书，虽然有些也畅销了，有些也看哭看笑了数万人，但还没有哪本是我觉得可以流芳百世的。不过我觉得我一定能写出流芳百世的作品，所以我才这么拼。

我小时候喜欢锻炼身体，负重跳高，负重跑步。今天五斤，明天十斤，后天十五斤；今天三公里，明天五公里，后天十公里；今天跳高一尺，明天两尺，后天三尺，直到身体不能承受。

2012 年发现世界没有末日之后，我就开始走出颓废的状态，疯狂出书了，2013 年出了三本书，2014 年出了四本书，2015 年出了五本书，2016 年出了七本，我觉得，我能够承受，还可以继续加码。

所以不管大家说什么，我还是会继续下去，直到我的身体不能承受。而且写书对我来说是一种乐趣，每天早上四五点起床，晚上八九点睡觉，我觉得是一种享受，我从不觉得这件事辛苦，只有沉浸在写作世界的时候，才可以屏蔽掉周围乱七八糟的琐事。

总结起来，我生命里基本上就两件事——读书和写书。写书给我带来的金钱和利益，让我可以不停地买书看，不停地去远方看世界，这就够了。

人生有时候真的需要简单一些。赚钱的目的，不就是为了享受？而人生在世最大的享受，不就是看书吗？

我还有很多书没有看，很多想去的地方没有去，所以明年如果我出八本书，请不要再跟我说看不过来了。我也不是希望关注我的人把我的每本书都买了，只要你一年买一两本我的书，我就觉得你是真爱了，其他的钱可以留着买其他作者的书。

最后，再强调一句，出书快出书多就写得不好这种想法是非常荒唐可笑的，是非常站不住脚的。纵观整个文学史，著作等身的大作家比比皆是，美国名著《在路上》的作者花两周就写完了它，古龙更是可以一个月写一本坚持写几年。反而是那些很多年都憋不出一本书的作者，使劲憋出来也是禁不住看的残次品。好的作品，永远是一气呵成的，就像生孩子，能顺产的也没人会剖腹。

导演的套路

我刚到北京的时候，特别单纯，觉得一下子就进入了娱乐圈，周围全是明星大腕，明明自己还是过去的自己，但因为有了一群所谓的明星朋友，让我觉得自己也一下子跟着金光闪闪起来。这种飘飘然的感觉，让我走了很多弯路，见识到了很多不靠谱的事情。

我那时候的职业是编剧，但不是大编剧，属于写过一些蛮红的小说，但是刚入编剧圈子的半吊子编剧，所以经常会有人找我，但基本上谈不成什么事情。

一开始我对每个找我谈项目的人都抱有好感，觉得对方看得起我，愿意找我写，我一定不能亏待伯乐，后来找的人多了，我就发现，他们的套路都一样。

就是先约你在咖啡厅见面，听听你有什么故事和创意，如果觉得还不错，就让你写个故事大纲和人物小传出来。

写完了故事大纲和人物小传，导演就拿着给人看，如果有人确定要做，再去找专业的编剧把你的故事写出来，然后这个事情就跟你没关系了。

唯一的关系是，后来你走进电影院，看着看着发现了你曾经给导演讲的那些梗，被原封不动地搬到了屏幕上，你没有从中赚到一分钱，还得为此买电影票。

我不记得我写了多少故事大纲和人物小传，反正没有一个导演为此付钱的，你一提钱对方就打马虎眼，或者干脆消失。

再后来我对这个圈子就有了心理阴影，即便有人跟我说这个项目百分之十万个一百能成，我也会呵呵呵，先要一笔预付款。

最后我总结下来，基本上能够给预付款的项目，百分之五十能成，而且尾款百分之八十拿不到；而基本上不给预付款的项目，百分之五百不会成。

和我所接触的影视圈子一比，我曾经觉得无比不靠谱的出版圈子顿时显得伟岸高尚起来，起码做书的人，还是有点节操的。做影视的，也有有节操的，但是大多数，都是左眼写着“金”，右眼写着“钱”，什么艺术啊、故事啊都是幌子。

不过我还是有个电影梦的，我迟早还是会回到影视圈。但是那时候的我一定不是以半吊子编剧的身份进入的，那样的身份，结识的只能是影视圈的底层，只能是不靠谱的人和事。

等我再回去的时候，一定是和新概念作文大赛的大师兄韩寒的程度差不多，到时候结交的，也都会是正经做事的人，相信到那时候，就可以做出一些像样的东西了。

我后来想想，其实不光是影视圈，所有圈子都是这样，当你混在底层的时候，遇到骗子的几率总是更大点儿，真正优秀的人也不会浪费时间跟你谈合作。

当你不够优秀的时候，被冷落被欺负的几率总是比被重视的几率要大，在绕开那些骗子和套路的同时，努力提升自己，早点混到高一点的层次去，可能是唯一的办法。社会就是这样现实，没有人会因为你弱小就帮助你同情你，但是一定会有人因为你强大而尊重你膜拜你。

恋爱的套路

经常有人说我女朋友遍布十二星座、十二生肖、全国三十多个城市，等等，等等，好像我是情圣、大众情人，该是人见人爱车见车载一样。

其实我只是爱情小说写得多了一点，看上去很了解女性心理而已，真正谈过的女朋友，屈指可数，而成功的恋爱经验，更是泛善可陈。

但即便如此，没吃过猪肉也见过猪跑，关于恋爱的套路，我还是经历过不少的。其中最让人不能忍受的，就是明明不爱了，还不甘心失去，还要折磨你。

正所谓分手见人品，我这个人比较悲观，恋爱之前，首先要考虑的就是万一分手了怎么办。如果对方是个爱死缠烂打的人，拿得起放不下，那么我宁愿错过，也不会开始。

因为谈恋爱这种事，主要是为了让人生更丰富更美好，爱对方，也期待对方爱自己，是双赢的事情。如果最后变成了悔和恨，那就得不偿失了。

我一直不能理解那种因爱生恨的人，你没有遇到人家之前也活了二十年，人家没遇到你之前也活了二十年，大家都好好的。为啥谈了一年恋爱，你就觉得离开对方就活不成了，甚至觉得对方离开你也是瞎了眼。

事实上这个世界上谁离开谁都能活得好好的，这一点是必须从一开始恋爱就认识到的。恋爱开始后，主要的事情就是取悦对方，对方也会有良心地取悦你。

故意作，故意惹对方不开心，来刷存在感，来博关注秀恩爱，来证明对方对你的爱，那么迟早会分开。人家遇见你时是好好一个人，跟你在一起后变成了你的奴隶。你觉得这是爱，其实这是变态。

恋爱的常态，就是陪伴。一起安安静静地看看书，看看电影，吃吃美食，分享分享好玩的事情。遇到困难的时候，第一时间出现，帮忙承担。这就是爱，其他的，都是矫情。

“己所不欲，勿施于人。”千年前的人就明白的道理，现在还是有人不明白，还是在给人下套，最后落得个人财两空，只能说是活该。

看朋友圈，经常有人秀恩爱会秀一些对象买的东西，例如手表、包包、汽车和房子钥匙之类的。看到这些的时候我都在想，你给对方带去了什么？如果只是年轻美貌，那么很遗憾，这份感情肯定不会长久。

爱永远是相互的，平等的。容貌转瞬即逝，而且美人帅哥太多，我们应该去追求一些更保值的东西，来换回未来几十年的安全。毕竟人性从来就不是简单美好的。

网上有句话说得好：“等一个不爱你的人，就像在公交车站等一艘船，永远也等不到的。”可还是有很多人执迷不悟，我当年也是，爱上了一个绿茶婊，后来再也无法完完全全相信一个人，甚至无法全身心地投入到一段感情里。好在现在醒悟了，看开了，明白了爱情也是一种套路，只是这种套路，让人防不胜防，甚至明知道是套路，还是要跳进去。人性本贱，不说也罢。

商家的套路

我这些年主要的维权经历有两次，一次是买电脑，一次是买空调。早期关注我微博的人应该都知道买电脑的事情，近期关注我微博的人应该都知道买空调的事情。

买电脑是在长沙，起因是小区突然断网，我去网吧上网的时候，遇到一个小偷偷手机，我见义勇为，也可以说是多管闲事，抓住了小偷交给了网吧老板，受害人保住了手机，但是网吧的老板随后又放了小偷。

网吧老板说那个小偷是一个团伙，他惹不起，更不敢报警。受害人害怕小偷报复，也不赞成报警。最后就没报警，因为说到底，我毕竟是多管闲事。

但即便如此，我还是得罪了那个小偷团伙，不久我租住的房子里被偷了个干净，电脑、相机，甚至连U盘和港澳通行证也不放过。

其他东西还好说，电脑和U盘里存了三年的稿子，有些是即将交稿的。没办法，为了写稿子，我只好去买电脑，因为急用，也就没在网上买，而是去了电脑城。

早先朋友推荐过一款电脑，我见他买了，一直想买而没买，这下电脑一丢，首先就想买之前朋友推荐的那款。但是到了电脑城，售货员说那款电脑质量不行，如果我买了，他不能保证质量，然后他给我推荐了一款性价比更高、质量更好的电脑。

我心想这种品牌电脑的旗舰店，肯定不会骗人，就信了他的邪，买了他推荐的电脑。结果回来一用，感觉非常差劲，上网一搜价格，他卖给我的价格足足比网络商城的报价贵了三倍。

实体店比网店贵几百块钱很正常，但是贵几千块钱，就纯粹是坑人了。我把经历写下来发到了微博上，很快，读者都转发了，商家的官方微博也出来道歉了。

最后以长沙那个品牌的代理商被罚款二十一万而告终。这件事总体来说，虽然曲折，让人郁闷，但结局还是好的，起码骗子受到了惩罚。虽然后来很多读者都说，这是电脑商家常用的套路，屡禁不止的，也就大V曝光出来有用，普通人怎么说都不会被妥善解决。

再后来是我在河南买了台空调，新空调就是坏的，我要求换一台，商家答应了三天内调换，但过了一周也不给换，我质问对方，对方居然店大欺客说你可以去投诉。

我只好又发了微博，然后又是商家的官方微博道歉，当地的门店被停业整顿，相关人员被开除。虽然处理了，但是这样的事情还是让人很恶心。

为啥一定要曝光了才处理呢，一开始好好处理不行吗？为啥要敬酒不吃吃罚酒呢？说到底还是从业人员的素质太低，商家也没有监管。最后会处理，也是怕负面影响太恶劣，广告费打了水漂。

这些都还是好的，起码是品牌商家，怕广告费打水漂，会给你处理。还有很多不做品牌的无赖商家，你投诉都不知道去哪里投诉。即便找到电视台和报纸或者消费者协会，对方也是各种耍赖。而在平常，大家只是想添置个物件而已，谁愿意费这个精力，受这个气呢？

作家的套路

我是当了编辑之后，才发现我是一个好作者的。从不拖稿，答应什么时候交稿，一定会提前两天写好。从来不跟合作方生气，无论对方多过分，最多就是下次不再合作了。

我一直觉得，写作是一辈子的事情，出版只是商业行为，出版不出版，都不影响我写作。但是好像像我这样想的人很少。

反正我遇到的大多数作者，都是稿费都花完了，稿子还没交。答应你周一交，一定会拖到周五；到了周五又会说反正周末也没人上班，下周一再交吧。就这样明日复明日，一拖就是大半年。

有次看到一个编辑写的自传，说为了催稿，她有时候要住到作家家里，帮作家打扫卫生、做饭，照料作家的饮食起居，以此来感动作家，好尽快拿到稿子。

我觉得，这些作家都是惯的，都应该被拉去枪毙了。

编辑其实很不容易的，很多编辑最初都是作者，混不下去了才当编辑，每天被码洋任务和毛利任务压得喘不过气，作者不帮忙分担也就算了，经常还要火上浇油，简直是岂有此理。

不过有些作家成名后，也的确身不由己，一堆人来催稿，不可能面面俱到每个都写。有些多年的合作方，答应也不是，不答应也不是。

答应了没时间写，以后可能朋友也做不成了；不答应，立刻就失去了这个朋友。

但写作毕竟不是工厂里造机器，没法批量生产，越逼迫越没灵感。像我这样的高产作者，也常常会因为写不出文而烦恼，确切地说，是为写出了自己不太满意的文章、没法写得更好而烦恼。

为了不得罪合作方，我常常是提前写好一大堆不同风格的存稿，有人要了，就发过去，基本上都能做到双方都满意。

但这样的话，我大部分时间都得用来写稿了，有时候在路上旅行遇到催稿，玩了一天回到酒店也不能睡，必须写完发给编辑才睡得着。

可惜很多作者呢，一面跟你说没时间写，一边晒各种旅行照片、美食照片，明明过得轻松惬意，却对你装作一副非常忙碌的样子。你还一点办法也没有，因为对方不缺钱，也不缺平台。

所以从某种程度上来说，我讨厌大牌作者。他们虽然写得好，但是态度往往任性骄傲，完全忘记自己是新人的时候受到过的冷眼，或者说为了故意补偿自己曾经受过的委屈，而来委屈别人。

比起写作方面，作家在营销方面的套路更多，例如有作者朋友问你要地址说要给你寄书，你收到了要是没有及时晒出来，基本上就失去这个朋友了。

如果对方需要你写一篇评论你没有写，或者写得很敷衍，那么基本上这个朋友也是要失去的。作家的心灵都比较脆弱敏感，有些别说晒书写书评了，要是他出新书你没有及时转发微博评论点赞，可能都要被取关。写到这里，想到自己也是一个作家，顿时觉得作为一个作家，我的性格过于粗野了。

房产的套路

买房子之前，每个没有房子的人都希望房价大跌；可是一旦房子买到手，变成了有房一族，那么盼跌的心理就变成了盼涨。也正是因此，房价不会因为有多少人盼跌，或者有多少人盼涨，就发生变化。如果不出意外，房价最近几十年都会一直涨。

但是意外这种事，谁说得准呢？人生处处充满着意外，我有个好朋友，约好了跟我去旅行，结果去了趟医院，手术失败，人就没了。年少时的玩伴也有刚结婚就出车祸意外辞世的。房价的大跌就和车祸和手术失败一样，概率虽然低，但也不是没有可能。

抱着这样的心态，我已经买了两套房子。但我不是带着投资的心态买的，而是刚性需求。众所周知，我出生在河南一个破旧的小村子里，在我出生前爸爸建的那套四合院已经开始剧烈地漏雨了，我虽然只有过年回家才和爸妈住在一起，爸妈也早就搬到了县城里哥哥买的新房子里住，但是我还是觉得，我在故乡得有个落脚的地方。

我们是个大家庭，我除了哥哥，还有个姐姐，哥哥家已经有了两个孩子，加上嫂子和爸妈，我回去的时候，都住在哥哥家很是拥挤，回到农村那个破旧的房子里，又有遭淋雨的风险，如果我有一个自己的房子，除了回家有个属于自己的地方外，还可以让爸妈住得自在一些。

于是我就买了第一套房子。但是我的工作基本上都是在北京和长沙，所以房子装修好之后，我还是离开了家，到长沙工作了。

在长沙，租房子还是蛮贵的，我算了下，我的房租是每个月一千一，如果贷款买个房子，月供也才一千一。而且租的房子非常不舒服，我没法改造成我喜欢的样子，甚至空调或者电视坏了，也要给房东打电话才能修，如果不想修想换新的，房东也不愿意帮忙换，最后干脆，我就在长沙买了第二套房子。

现在第二套房子开始装修了，但是我已经有点后悔买第一套房子了。因为今年下了大暴雨，那套位于十七楼的房子，已经有点漏水了。而且不仅仅是我，整个小区都有漏水现象。后来我查了下，发现不仅仅是我所在的小区，整个国内，有一半以上的新房子都存在漏水现象。

这样的房子，不遇到自然灾害还好，一遇到，就毁了。而且就算太平无事，这样的房子最多也就撑二三十年就没法住人了，肯定不可能住满七十年产权期。从这个角度看，我是非常后悔买这个房子的。我心说还不如拿那笔钱把老家的四合院重新修建一下，住得更宽敞更舒服。

国内百分之七十的房子，都存在一些大大小小的质量问题，这也是很多人去国外买房子的原因，国外有太多百年以上的老宅子了。但是去哪里买房子、买不买房子，永远和房价没有关系。

买不买房子、去哪里买，永远是看个人能力，如果你足够优秀，赚得钱足够多，那么买什么都是买，需要买房子的时候就买房子，需要买跑车的时候就买跑车，需要买飞机的时候就买飞机，需要买奢侈品的时候就买奢侈品。

所以首先你得有足够的购买能力。我过去稿费是千字五十元，你让我去买房子，无疑是逼死我。我现在千字两千元了，你不让我买房子，我还是会买别的东西把钱花掉，毕竟不可能永远留着钱到棺材里花。

只不过买房子也要看地段，像我买的第二套房子，在长沙，面积不大，每平方米现在已经比我买的时候涨了不少钱，就算不想住了，也可以出手卖掉。第一套房子，因为在小城市，如果不折本，就不那么好卖掉。

所以买的时候，还是要看长远，考虑卖的时候好不好出手。如果你觉得很好卖掉，就可以买，如果你觉得别人很难看上，那么你也别下手，永远别听售楼小姐怎么说，不管换到哪个城市哪个楼盘，售楼小姐的话都是一样的。

学外语的套路

重新开始学英语已经有一段时间了，我发现兴趣是最好的老师，11 岁那年刚接触英语的时候我非常抵触，那时候老师教得很好，学习氛围也很好，可是我却一点也学不进去，搞得到现在还是零基础。如今重新学习了，每学会一个单词、一句话，都感到莫大的欢喜，像是读完了一本好书一样觉得收获满满。

之所以有这个兴趣，有两个原因，一是女朋友在国外，而且打算长期在国外，我迟早得去陪她；二是我已经把国内走得差不多了，是该去国外看看了，学好英语，有助于在国外自驾游。毕竟语言不通的话，在国外就和聋哑人差不多了，不能完全领略当地的文化风情，收获上会打一半的折扣。

比起十一岁的时候，现在学英语的地方实在太多了，留学和移民的需求大大超过以往，互联网也充斥着各种学习软件。我本来还想报个班，跟老师学的。后来朋友推荐了一个教英语的公众号，女朋友帮我买了一些基础教材，我又下了几个与学英语相关的 APP，顿时就觉得这是件轻而易举的事情了。

不过通过对比我发现，不同的老师发音也不同，有些英语说得好说得标准，感觉像在听诗歌；有些说得难听，感觉像在听犬吠。

这就和弹吉他一样，如果你买一个贵点的、手感和声音都很棒的吉他，那么你对音乐的兴趣会越来越大；如果你搞个很粗糙的琴，再请个技术很烂的老师，那么过不了多久，你就对学吉他没兴趣了。永远不要相信什么“烂琴也能出高手”的话，高手永远是个例。

个人觉得，相比之前，英语英语，英式发音还是比美式发音感觉要好听很多。所以一开始，我听的都是在英国的中国人网上教授的课程。

后来也去听了一些现实里的培训班，一开始都是试听，一个教室几十个人，完全收获不到什么，而且越是出名的有品牌的英语培训机构，实际水平越差。

反而是那些小的培训机构，做得非常精致。尤其是那种小教室、三五个人的那种，不仅仅可以学到知识，还能交到一些志趣相投的朋友。

不过到目前为止，我的英语水平还是非常初级的，但愿半年以后有所长进，一年以后可以出国吧。到了国外，受环境的影响，口语进步应该会快些，但是语法和英语写作，只能靠自己了。当然，一切还是如开头所说，兴趣最重要。一定不要逼迫自己增加某项技能，虽然说技不压身，但是不需要的时候还是没必要去浪费时间。

现在很多人问我是否后悔早年退学，我说一点也不后悔，因为对于我来说，那时候在学校就是浪费时间。如果那时候我好好学习，外语肯定学得不错了，现在肯定不用再这么拼地学外语了，但是也可能我好好学习后，就泯然众人矣。

人到了什么阶段，到了什么年纪，就去学什么，没必要过早地给自己加码，很多明显永远用不上的东西，学了也是浪费时间。当然我说的浪费时间，是指你已经明确地知道学什么对自己有用、学什么以后一定用得上之后，如果你不清楚，那么多学点也无妨。

如果明知道自己以后要做作家，还是天天去学数学而不去多看书多行走，那就是浪费生命；如果明知道自己以后要研究物理做物理学家，那么天天去背政治书就是浪费时间。学英语如此，学任何东西都是如此，说到底，时间花在刀刃上最重要。

诗人的套路

对于普通人来说，诗 = 无用 = 多余。

但是最近越来越多的大神开始说，普通人也要多做一些无用的事。最初听到这种说法，还有点醍醐灌顶的感觉；后来听多了，就像连喝了十八碗鸡汤，只有撑涨，感受不到营养。类似的说法还有和“有钱才能任性”相反的“任性才能有钱”。都是站着说话不腰疼，胡编段子忽悠小年轻。要真信了这些，就只能去喝西北风了。

任何用个例的成功去忽悠大众效仿的行为都是犯罪行为。

读诗写诗乃至搞文艺都是酒足饭饱之后干的事情，有些人正要考学，或者毕业了找不到工作，若不好好学习还沉寂在诗意的世界里，那就只能等待现实的尿意将其淋醒了。

你要是研究过诗的历史，就应该知道，唐朝以前，作诗乃至读书识字都是贵族干的奢侈事。武则天为了稳定自己的政权才让诗歌平民化，此后才有李白。上官婉儿睡了一群诗人才能在武则天死后仍旧常伴帝侧。一次赌博性的政治行为，意外地成就了诗，这既是值得当时的文艺青年欢呼的幸事，也是埋葬后世文艺青年的深坑。当年诗写得好可以加官进爵得女皇私宠，如今诗写得好只能进精神病医院。

时代毕竟不同了，一朝该干一朝的事情。我们生活在科技时代，再去刨历史的深坑，无疑是作茧自缚。当然，也不能一棒子把诗打死，诗虽然多余，可这世上多余的存在太多了。如果你是高富帅每天没事干，去写写诗没什么不好，如果你是普通人，那么真遗憾你没有跟媚娘生活在一个时代，空有一腔诗意，整这多余的玩意还不如做几个俯卧撑锻炼下身体。

前两年著名的白云诗人乌青废话诗在网上火了一阵子，加上之前写下半身诗歌的诗人也一直很活跃，导致很多人还以为诗歌没死，可以继续搞。这么想的大都没查查乌青等人的身份，不是某公司老总就是某集团的财阀。他们搞他们的，我们看看热闹就好了，真去跟着写，那就是该看老中医了。

写到这里我给女友看，她说前阵子还有残疾的穷人在网上靠写诗火了一把，可见诗对穷人也是有帮助的。吓得我赶紧去百度了下，女诗人走的还是下半身的路子，火了只是因为性别，若是男人说“我想跋山涉水去睡你”就会被当作流氓，换了女人就会被鼓掌，起码在网络上会被鼓掌。诗被拿来这样玩弄，估计是武则天也预想不到的，她一辈子想改变男权社会，最后不过是成就了她自己，葬送了诗。

最近还有一件关于诗的大事，当代大诗人汪国真去世了，中央电视台做了报道，微博朋友圈也被汪老的诗刷屏。在一片缅怀的同时，也有人发现，曾经风靡全国的汪国真的微博在去世前人气十分低迷，关注度尚且不如那些抄抄段子发发过度 PS 照片的淘宝野模的微博，转发量甚至不如我这个半年不更新一更新就是给新书打广告的三线小说作者。由此也可以看出，这个时代就算你不搞科技，一定要搞文艺，也该多在小说和照片上下下功夫。

读图读故事都可以悦己，读诗只能让人生厌。我前阵子拉黑了一个自认为是美女的女诗人，她每到逢年过节都要作诗送人，哪怕是在今年大家都忙着抢红包的时候，看着她的对话框亮起来还以为她私发了红包呢，结果是她群发的写得稀烂的诗。不拉黑简直对不起武媚娘。还有自幼饱读诗书长大了开黑出租车的我的那些小学同学们。这些深受其害的人证明了我们在这方面的教育是无比失败的。

长此以往，精神病院多几个床位事小，下一代再也出不了影响世界、影响人类发展的人，就是我们这个人口第一的大国的悲哀了。

我们对待诗，不能再像对待其他文化一样一代一代全民传承下去，而应该将其放进博物馆，留给有特殊爱好的人去参观瞻仰，像对待甲骨文、竹简等一切曾经带给我们便利和辉煌的事物一样。没有了古代那个诗意的环境，现代人写出废话诗和下半身诗歌还只不过是让人瞠目结舌哗众取宠罢了，等到有一天诗变异成了思想毒药，恐怕全民都会被传染成文化侏儒。

死亡的套路

这篇文章里想说的死亡，只有一种，那就是自杀。

我原先以为，“自杀”这个词语总是跟失败和懦弱联系在一起的，近的像每年高考失利、公司破产、情感失败，远的像项羽乌江自刎、杨贵妃马嵬坡上吊。

直到最近感受到了成功后的空虚，我才发现这种空虚对意志力的摧残程度，要远胜于生活中的种种失败。

张国荣的死因至今是个谜，大部分人说是自杀，于是就有很多人猜想，为什么成功如他，还要自杀，于是给他安上情感失败的诱因，但其实人家情感一直很顺利。

网络上的自杀事件更多，例如成为典型的走饭（微博用户名），她的最后一条微博已经成为忧郁症患者的口头禅——“最近没什么事，我想去死一死。”

没错，写这篇文章的时候，我也想去死一死。

我尝试过大多数少年时想尝试的事情，唯独没有尝试过死亡。但有这种想法，不是出于好奇，而是出于疲倦。

对所有一切事物的疲倦。

或者换句话说，我年少时大多数想做的事情后来都做成了，唯独死亡没有。十四岁那年，因为情感上的失败，我曾卧过一次轨，后来因为被巡查铁路的人发现，而未能成功。当然也幸好未能成功，不然就要连累负责那段铁路的我的好朋友的父亲丢工作了。

十四岁的时候，我对爱情抱有太多的幻想，对忠诚更是坚信不疑，我觉得牵了手就是约定，说了在一起那就是一生。

现在想来，那时候的天真无知，只能归罪于经历得太少，换作现在，失恋一百次我也不会想到去死，甚至连去喝个大酒的兴致都没有了。

失恋到想死还有救，失恋到麻木就彻底玩完了。所以有首诗说：“有的人死了，但他还活着。有的人活着，却已经死了。”

我想我就属于后者吧，在人生大部分的事情上，都已经麻木了，唯独剩下肉身还处在青春期，还需要行尸走肉一般在世间待很多年。

除了疲倦和麻木，还有对这个世界里很多奇怪的条条框框的不满意，例如结婚。我很小的时候，就问我的妈妈，人为什么要结婚？

妈妈说，别人都结婚啊。

长大之后我不想问了，妈妈却开始问我——别人都结婚了，你为什么不结？

我无言以对。我总不能说，我是个随时想去死一死的人，谁跟我结婚都会倒霉吧。

于是我只能尽可能地拖延，拖到我外甥都两个孩子，孩子都管我叫舅爷了，我能做什么呢，我能做的只是不去吃他的喜酒罢了。

但有些事情又是拖不得的，例如赚钱。人人都想着赚钱，但赚钱有什么意义呢，无非是为了花掉，就像吃饭的结果是拉屎一样。这两件事都毫无意义，却让几十亿人做得津津有味，实在难以理解。

每当遇到跟挑食的人在一起吃饭的时候，我都很烦躁，吃什么最后的结果不都一样，为什么非要吃豆腐而不吃豆芽呢？

吃什么甚至还有退路有得选，赚钱却是毫无退路，你一天不赚钱，就要受人的冷眼，哪怕是最亲的妈妈，也不能容忍你长大了还待在家里不去工作。

妈妈的理由永远是——别人都工作，你为什么不去？

我现在的工作是写小说，能赚很多钱，比大多数人赚的钱都多，而且很多人都觉得我们这份工作比大多数工作都轻松，理所应当地他们觉得我们应该很快乐。

可惜的是我没有见过一个文字工作者是很快乐的，反倒是那些智力低下、干粗活的人，听一首《小苹果》就可以很快乐了。

很多人把国人的不快乐归罪于没有信仰，我们且不说信仰有没有用，反观我周围极少部分有信仰的人，他们也不见得快乐，他们甚至更忧愁，他们只是比大多数人心安一些罢了。所以说信仰的最终目的，只是让人心安。但心安有什么用呢？

回过头来继续说空虚。学习或工作或情感上的失败，很多的时候就像一团乌云，笼罩着你的时候你觉得是世界末日，等你走出来了就会觉得不过如此。很多事情回过头去看的时候，都万分轻松。

但空虚不同，空虚不是一团乌云，而是整个黑暗的天空，你一辈子都走不出去。

在一团乌云下，你还能看到乌云外的光，你还有希望，你总觉得继续朝前走，肯定有出路，走着走着一生就结束了。

事实上大多数人都是这样，一生都浪费在追求梦想的道路上，最后也并没有成功；而成功的那部分人呢，都陷入了空虚。万水千山走遍，却发现没有一处是自己想要的所在，无数的梦想都实现，却还有大把的时间不知道该如何度过。

成功的人总是极少数的，那极少数里，又有大部分在成功后开始堕落，开始毁灭自己建立的一切或者把成功的果实浪费在庸碌的事情上。

成功后又保存了良知的人，通常会变得迷茫，变得好为人师，如果不去不断地重复自己的成功，就会想到自杀。

因为已经没有了存在的意义，因为已经感到自己的存在是一种多余、一种阻碍。所以写这篇文章的时候，我想对看到的人说几句或许等你们成功后才能明白的话——别着急成功，欲速则不达，登上山之后会看到更高的山，你要么继续攀登下去直到死亡，要么就像我一样在疲倦和麻木中等待死神的降临。

互联网的套路

洗完澡躺在床上，翻来覆去睡不着，于是起来整理五年前出版的《秦乱》和《谁的青春伴我同行》，打算再版。翻阅当年写的书籍和当年的朋友做的推荐的时候，一瞬间有种恍如隔世的感觉。

这五年在我身上发生了太多的事情，而这些事情有一个共同的推动者就是网络，如果没有网络，那么这些事情肯定不可能发生，即便发生了，也无法集中在五年这么短的时间里发生。

我从十三岁开始学上网，那时候还在流行五笔输入法，大众视网络为洪水猛兽。而最近五年，网络渐渐走入了大众的日常生活，连农村也快做到家家户户都上网了，就算不用电脑上也用手机上。

十年的时间，众人从抵制网络变成追捧网络。网络带来的便捷让大家忽略了这种便捷破坏掉的很多东西。

手捧五年前的书，我首先感受到的就是，网络把过去那个淳朴的环境破坏了。那时候出来一个好作者，很多作者都会不计利益地推崇。现在写得再好，想出头也难，也要靠花钱宣传炒作。太多人为的制造，破坏了自然的诞生。

自然诞生的作者，虽然成功得慢一些，但成功得也会久一些。网络的出现让这种成功大都变成了昙花一现，大众需要不断地浮现新鲜事物来刺激感官，而许多好东西都是需要慢慢产生的，刚好和大众的需求背道而驰。

就像我，过去两年出一本书都觉得挺好的，现在一个月出两本都觉得不够，而真正好的作者，其实一辈子写一部伟大的书就行了。

我虽然写出过还算凑合的作品，但还没有好到可以流传后世的地步，而我又还活着，只能不断地写下去。

在别人看来，我一个月出两本书，一年做了无数事，一生的经历更是传奇又复杂。可是百年之后呢，可能后人用两句话就能概括我的一生了。

这种越来越快的节奏和害怕一夜之间突然到来的功名利禄又突

然消失，都是因为网络。假如没有了网络，对很多行业来说都是坏事情；但是对大多数作家来说，应该不是好事情。

网络的出现让作者可以直面读者直面市场，然而众口难调，哪怕华美如《红楼梦》，也有很多人读不下去。读者的疯狂追捧和恶意贬低、市场的摇摆不定，很容易让一个心志不坚定的作者心如死灰或得意忘形。

写到这里，我突然有些向往那个车马船都很慢、一生只够爱一个人的时代。如果在那时候写小说，可能要过很多年才能被人发现，但在那种寂寞的环境下写稿子，最容易出王小波那样百年一遇的才子。

我们这个时代，因为网络的存在，变得过于喧嚣和复杂。但又不能否认网络带来的各种好处，就像我现在，写这篇文章用的是电脑，而之所以写这篇文章也是有感于读者在微博里的各种评论。如果没有这些琐事，可能我会去旅行，在旅途中写写风花雪月的故事。

是谈论当下的生活更重要，还是逃避进凄美的故事里更好，我已经难以辨清，因为网络已经融入进了每一天的生活，不管喜欢与否都要面对。这里的利弊，势必要裹着写作群体里的泥沙，再翻滚数十年。

约架的套路

悟空护送唐僧西天取经之后，被封为斗战胜佛，封地峨眉山，终日以养猴为乐。千年后，峨眉山猴多成患，延参法师去录节目差点被猴子挠死。此事惊动佛祖，佛祖特派孙悟空去内蒙找生生不息的菩萨，学习计划生猴之妙法。

悟空行至华山境内，听到一阵山崩地裂之声，低头一看，原来是两个天界大神在打架，一群妖怪在看热闹。悟空天生暴力，所以看到有仙人打架，也不以为意。让他看着不爽的是旁边那群看热闹的妖怪。

尤其是一只狐妖，身边摆了一堆香蕉，边看边吃，边吃边叫好，叫好的同时还不忘乱丢香蕉皮。据它周围乱丢的香蕉皮的数量来看，这妖怪至少在这里看了三天三夜了。

路见不爽，拔棒相向。西游之时，悟空一直是这么干的。可是这次他没有立刻掏出棒子。因为在多次和妖怪的战斗中，悟空发现了一个怪现象，就是这些妖怪，大都是神仙的坐骑或宠物变化而成，他每次上前惩妖，都有神仙求情。即使悟空不给面子，硬是将妖孽打死，还是会有神仙拿仙丹来救这些妖孽。于是常有被悟空打死又被别的神仙救活的妖怪，在路上偶遇悟空时，冲悟空做鬼脸，边做边说："你打我呀！你上午打死我，下午就有仙人把我救活，我可不是一般的妖，我做妖之前，也当过神仙的，在仙界咱人头比你熟。"这种情形让悟空很无奈，他常常扶棒感叹，做一个有正义感的猴子，怎么就这么难！

尤其是这一次，悟空发现，看热闹的除了妖怪，还有华山的山神，于是悟空上前询问。悟空说："哥们，这俩仙人在你地盘打架，你怎么不管管呢？还有这一群看热闹的妖孽，你看着就不碍眼？"

山神说："管？我怎么管？这俩仙人的等级和武功都比我高，我哪儿敢管他们。至于那些妖怪，也是做神仙做腻味了才做妖的，在仙界他们混得比我好，要是我惩治了他们，弄不好我这华山山神之位就得拱手让贤了。"

悟空说："那就让他们这么打下去？"

山神说：“他们有力气就尽管让他们打，你要是没什么事儿，就也留在这儿看吧，我去给你搬个凳子，拿点儿水果。”

悟空说：“不用了，我忙着呢。”

悟空抬腿欲走，刚迈出半步，心里又犯了嘀咕，他暗想，世道怎么成这样了呢？神仙怎么都变得如此没有责任感呢？山神怕得罪那两个神仙和一群妖孽，我可不怕。

于是悟空掏出金箍棒，挥棒将那狐妖打死，狐妖一死，其他妖怪纷纷散去，眼见看热闹的妖怪四散而逃，那俩神仙便也松了手。

悟空说：“你们怎么不打了？”

俩神仙异口同声地说：“刚才那么多妖怪看热闹，要是我输给了他，岂不被那些小妖笑话。如今看客都已散去，谁输谁赢都不重要了。”

悟空说：“原来是为了面子问题啊，早知如此，你们何必在华山打呢，找一个僻静点的山洞打，不就没有看客了。话说回来，你们是为什么打架呀？”

俩神仙又异口同声地说：“这不都是被微博给害的，要是不闲着没事打一架，粉丝能涨那么快么！”

考试的套路

不知道谁发明了考试这一变态的存在，我人生中受的最多的挫折，大都是源于考试。上学的时候每次考砸就要面对家长和老师的黑脸，给幼小的心灵造成了无法抹平的创伤。

离开学校后，仍旧无法摆脱考试的魔爪，例如参加“新概念作文”的复赛，参加“文学之新”的决赛，都是考试。

当年跟我一起参赛的人里，我最终的比赛成绩最差，但同时又是知名度最高、读者最多、书最畅销的一个。正所谓“文无第一，武无第二”，但就是有人能定出一堆的条条框框来否定你的作品。

好在写作上我是越挫越勇，每一次被否定都能激发我的斗志。大挫折就写一本书，小挫折就写一篇文，到现在著作无数，也要感谢那些一直不断地否定我的人。

而上学的时候也跟我后来遇到的写作比赛一样，考试成绩的好坏并不能决定一个人未来的发展，更何况有时候偏偏就是出到你不会的那几道题呢，只能自认倒霉。

最近一次在考试中受挫，是关于考驾照的。在考驾照之前，我已经驾驶过多年柴油车和汽油车等机动车辆，当然并不提倡大家学习我无证驾驶这一违法行为。我之所以这样是因为我出生在农村，很小就要学会种地，而播种用的拖拉机和收割用的联合收割机正是家庭必备的农具。

平时我驾驶这类农用机械在田间地头，在乡间小路上非常顺手，但到了考场上，过去的经验反而成了累赘。

看着挺简单的一个倒库，就硬是考了很多次都没过，而跟我一起考驾照的那些个从来没开过车的同学，反而大都能一次考过，简直让人无话可说。

我并不热衷于考试，考驾照完全是迫不得已，因为我本身不爱开车，所以即便会开车，即便家里有几辆车，我也很少去碰。但父母觉得我退学太早已经够让人头痛了，要是再不考驾驶证，那就是二十一世纪的文盲。于是他们瞒着我就给交了学费报了名，我不去学，就是浪费家里的钱了。

关于二十一世纪的文盲，在我们那里统一的说话是不懂驾驶、不会电脑、不懂英语。我对电脑倒是了解一些，算是半个文盲；考了驾照，就算是小半个文盲。

人都要争取进步，加上家里并不富裕，经不起我浪费，所以后来我就去考了。科目一倒还顺利，也就是答一些基础知识。科目一之后就彻底不行了，当然也不仅仅是我不行。我之所以花这么多笔墨写这个，是因为我发现很多人考驾照就是为了凑个热闹跟个风，看到别人都考就去考了，就像有些大学生毕业的时候怕找不到工作去考了一堆证一样。考了这些证最后大都用不上，白白炒火了考证这一行业。就像驾驶证，很多人考了之后一辈子也不会去开车，甚至不会买车，但还是要考，因为说不定能帮人消个分什么的，也正是因为有消分这一弊端，导致考驾照成了一个很大的市场、一个充满了不公平和乱象的市场。

不光是上述几种考试，日常生活中，我是讨厌所有的证件和证明的，常常会遇到需要在一些场合证明我自己是某某某的尴尬。

记得有一次我想把认证修改一下，新浪非要我证明马叛是天涯蝴蝶浪子，我提供了出版合同，提供了新书封面，还是不行，不管我提交什么，他们都不相信马叛是天涯蝴蝶浪子。

好在虽然讨厌，但我最终还是接受了生活中的这些小尴尬小烦恼，可是有些人就不一定了，年年都有高考失利自杀的、受不了女朋友的考验跳楼的，等等。

有人提倡废除高考，又有人说高考是最公平的，是唯一一个可以让社会底层人民翻身成为高层的制度。

这里咱们姑且不论制度有没有问题，只说心态，为什么会有人因为一次考试失败就轻生，除了个人心理素质的问题，更多地是因为整个社会把有些考试看得太重了。

甚至考不上大学就没出路，我连高中都没读不一样生活得很好。什么不懂外语不懂电脑不懂驾驶就是文盲，公共交通会越来越发达，干嘛一定要自己开车，车越多反而会让生态环境越差。

写这篇文章除了发发牢骚，更多地是希望大家能够重视一下这些考试问题，即便一时还不能废除这些蛮横的考试，改善一下环境总是可以的。我们这代人已经因为考试废了不少，不要让下一代、下下一代，继续因为考试而让人生走上岔路。

失恋的套路

人世间最放荡的人莫过于你。

听说你失恋了，我感到很欣慰，菩萨也认为是活该。我们去征求玉帝的看法，他仍为你最后一次打麻将时赖了他三十块钱没给而耿耿于怀。你也别惦记着报复月老，他已经辞职去火星整容了，回来了你肯定认不出来。其实我是建议他去彗星整容的，可是他嫌那里贵。是的，我们都知道火星做什么都便宜，据说五块钱就能找个姑娘过夜还免费送一瓶健力宝。当然只是听说而已，我好多年没去那里，我估计那健力宝肯定是过期的。

你也不要太难过，昨天我看到你哭了。吃饭的时候，泪洒在碗里；上网的时候，泪滴在键盘上；看书的时候，我觉得你是装的，眼泪哗啦哗啦地，能看得进去吗？你还装模作样地大声唱歌，大声说话，以为这样就能忽略被甩的事实。我真为你感到脸红，我想看到那个风流倜傥、出口成章、潇洒放荡的天涯蝴蝶浪子。不管怎么说，以后不要在看书上网的时候流泪了，好好的书被你弄得湿漉漉的，键盘进水了估计会漏电。要哭就对着脸盆。听说你现在住的地方离淮河挺近，那就去河边哭吧。把龙王招出来了，没准儿他感动引发激动，激动引发冲动，把自家姑娘送给你也说不定。

当然，我们也不会让龙王家的姑娘嫁给你，好歹咱们也算认识，以后还要在一起吃饭喝酒的，你带那么丑一姑娘坐旁边，我们也吃不下去。我已经给你安排好了下一段姻缘，那姑娘心地善良，身材火辣，脸蛋儿粉嫩粉嫩的，谁见了她都想犯罪。她现在在西安读大一，过段时间你就可以去找她了。不用谢我，她是你前世在广寒宫的慢摇吧摇了五百次头换来的。

我希望西安这个姑娘是你在尘世间最后一段姻缘。你们那个完以后，你就可以回来了。其实我还是很期待你回来的，自从你下凡以后，我打牌就总是输，我怀疑是菩萨出老千。

你回来以后，就不要再东游西荡了，我给你找了份兼职，就是月老那份工作。你可不要把你在尘世受的怨气带到工作中来，不要像月老那样不负责，总把漂亮姑娘给那些富得流油老得发霉的下贱男人。

年轻人和年轻人谈恋爱才正常。你要根除世俗人的旧观念，不要让他们反对网恋。我知道你爱混新浪微博和人人网，你可以在里面多凑合几对。其实我老早就想告诉你了，你所在的社区有个长得很漂亮的姑娘暗恋着你，至于是谁我就不说了。你要学会观察生活，不要一天到晚都对着书本或是电脑，那样对眼睛不好。最近医药费持续上涨你又不是不知道，你又不像我，生病住院了有地方报销。

好了，我就不多说了，虽然我是唐僧的师傅，但是那海侃的功夫不是我教的，这点你要向世人解释一下。潇洒完了就赶紧回来，腾云驾雾、骑鹤坐龙都可以，车费我给你报销。

出版的套路

我十四岁的时候就想出一本像《多想你也喜欢我》这样的无论是封面设计还是内文排版以及纸张都比较高端大气上档次的书，来满足我在出版方面的虚荣心。

可惜命途多舛，一直到二十八岁年这年，才算是实现了这个梦想。不过虽然实现得晚了点，总算还是实现了，没有辜负我这整整十四年的坚持。这世上大多数的坚持都是没有结果的，能有结果，已经是上天的恩赐。

看到这本书一点一点地在设计师手中诞生的时候，我是既开心又感伤。有的人天赋异禀，既能写又能画，蠢笨如我，每一次就只能写好了交出去，书最后做得好坏，全看设计师的心情和状态。

不知道你生命中有没有这样一个人，她不是你遇到过的人里最美的，也不是最有才华的，甚至不是最温柔对你最好的，但她却是你最喜欢的人。

而《多想你也喜欢我》对于我来说，就像是这么一个人。从内容上来说，她不是我出过的书里构思最独特、故事最感人的，但却是我最喜欢的。

任何喜欢都不会是无缘无故的，对这本书的喜欢，源于在出版的过程中我获得了最大的自由。从十九岁出版《谁的青春伴我同行》到现在，我出版了三十本书，在出版方面几乎所有让人崩溃的事情我都遇到过。

到现在我还清楚地记得，十九岁那年，当我在贴吧看到有人买到我的书的时候，我第一时间跑到书店，想看看我生命中的第一本书是什么样子，我翻遍了书架都找不到，最后一抬头，发现它躺在杂志区，它居然被设计得像杂志那么大。年少的我，因为这本书，第一次明白了开本的含义。

然后就是《秦乱》，其实这是我写的第一本真正意义上的书，但因为出版得太艰难，它硬生生变成了小二。这本书最初在《摩客》连载，连载结束后我至少签了五份出版合同和解约合同，谈了不下十个公司。最初写完这本书的时候，我心气很高，以为它会成为我的代表作，让我一跃成为国内最著名的作者，到最后被现实打击得我只想它能完好无损地上市就好。这原本是一个武侠小说，最后硬是被改了名字以历史小说的面孔上市了，但我仍要感谢最后一次签约的编辑，没有他，这本书在当时武侠没落的情况下完全出版不了。而如果这本被读者认为是关键性的代表作都出版不了，我的出版之路可能在出完第一本书后就戛然而止了。

我就不再提《三国无双》签约后被要求加五万字，《从未想过失去你》被出版社老师以“三个女生不能一起洗澡”“十七岁那年不能吻过你的脸”为理由改了五六遍，《陪伴是最长情的告白》被删了几万字等辛酸往事了。

过去的总算过去了，我希望以后每一本书都可以像《多想你也喜欢我》这样，内容上可以由我自己来做主，我想收录《最后一个女朋友》《修琴师的两次爱情》这种情感文章就收录这种情感文章，我想放进《像风一样自由》这样三万字的中篇就放一个中篇。为了最大程度地体现我所有的创作风格，古风和幻想的文我也第一次收录在了书里。我想等到读者再让我推荐我的书的时候，我只要推荐这一本就够了，因为它包含了我过去十四年写作的所有风格。

封面终于可以摆脱掉那些夸张的广告词，可以不用名人推荐。让一个习惯了独来独往的人去找名人朋友推荐是一件非常痛苦的事情。但是在过去，出版人一句“除非有一天你成为名人了，否则封面上放名人推荐对销量有益无害”就堵得我哑口无言。

写作是一个人的事情，出版从来不是，我不能因为我的任性让信任我的人蒙受损失。所幸这些迫不得已和无可奈何都过去了，伴随这种无奈过去的还有我用了十四年的笔名。换笔名这件事有很多的原因，告别也是其中之一，既是对过去那种居无定所放荡不羁的生活的一种告别，也是对过去那个喜欢跟现实死磕的自己的告别。人到了一定年纪，性格就会变得平和。我虽然只有二十多岁，但因为十多年来一直在疯狂地折腾，心理年龄和在街边下棋的老头差不多。不过不管心态变得多平和，渴望被喜欢的心境还是有的，所以才会有《多想你也喜欢我》这样的书名。

世界上最悲伤的事情，就是拥有爱时不懂爱，领悟爱时人不在。与此相反，世界上最美好的事情，就是我喜欢你的时候，你刚好也喜欢我。人在渴望得到某种东西的时候得到了，和已经绝望后再得到的感觉是完全不同的。

十四年来我在出版道路上遭遇的种种被限制和不自由，才换来今天的自由，而且可能只是一时的自由。这种付出、这自由的代价、这十四年的等待，硬是将原本乐观积极的我，变得有些悲观消极了。

就像你疯狂地去追求一个女生，可是她对你爱理不理，你从少年坚持到了青年，最后到了中年，她总算选择了你。你感谢上苍的同时恐怕也会怨恨上苍，因为时光再也回不去了，我们所获得的一切，都是以付出等量的生命为代价的。而这世上，有什么比生命更重要呢？

但不管这种付出与得到从客观上来说是否值得，我们在心底都必须坚信我们所做的一切是正确的，因为未来还有很长的路要走，还需要自信来承受更多的磨难和挑战。追求自由的道路，从来不是一帆风顺的。

阅读的套路

年少时写文章爱作惊人语，虽然常有绝妙的句子，却鲜见动人的文章。历练十余年之后才顿悟写好文章的妙法，这次倾囊相授，仅限初学者，大师看到了，尽可一笑而过。

要写好文章，做两件事就行了，一是阅读，二是行走。

往细了说，就是通过阅读得到理论方面的知识，通过行走得到实践方面的知识，最后理论和实践结合起来，只要脑袋不是木头，就不可能写不出好文章。

有很多人抱怨说自己读了很多书，去了很多地方，文章还是写不好。这种抱怨就跟长不胖的人每天暴饮暴食还是长不胖一样。要长胖也是要讲究方法的，不是一味地吃就行了，方法不对有时候还会出人命，每年因为写不出好文章而郁闷死的写作者不在少数。接下来就具体讲讲阅读的问题。

首先，阅读是分男女的、豪放的婉约的，你想变成什么样的作者，就要去读什么样的书。暂且以豪放搞笑讽刺类的为例，这方面的代表作者国内的有王小波、王朔，国外的有马克·吐温、契诃夫等。这类作家大都擅长语言，可以说都是语不惊人死不休的类型，而且还非常有思想，因为要批评一些东西，自己没思想，再去批评别人，那就是找抽了。所以读他们的书的时候你就会发现他们了解非常多的知识，医学科学考古学乱七八糟的什么他们都懂。他们的书读多了，你自己也会受影响变得说话犀利、博闻强记，看到什么消息都想点评一下，久而久之你就会变成一个杂文家。

语言类作者的文章看多了，你的语言能力就会很强。不管再老套的故事，经你一说，就会有那么点意思。这时候你就需要学习语言之外的东西了，那就是编故事，编故事需要想象力。这时候你就需要去看点有超凡想象力的书，最好是科幻奇幻方面的，在这里推荐两本，钱莉芳的《天命》和天下霸唱的《贼猫》，这两本通俗小说的想象力都不是一般的牛逼，能想象到他们那种程度，再加上你前面学习的语言能力，写出一篇漂亮的小说已经不是问题了。

当然这仅仅是限于通俗小说而已，如果你还想更进一步，拿个文学奖什么的，那就需要看有思想的书了，例如余华的《活着》和《许三观卖血记》。看完了有思想的书，提高了自己在思想方面的造诣，你要是还不满足，觉得拿个文学奖是毛毛雨，想流芳百世写个经典名著像曹雪芹那样，那你就要多读一些外国文学了。

中国文学的底子打好了，再去读外国文学，可以很好地学习他们的写作技巧。因为翻译的缘故，国外的小说没有办法给我们带来文字上的亲切感，这时候我们学习他们的写作结构就更顺手一些。国外的当代的作者构架一个小说的水平常常要超越我们明清时期的小说作者，这是实话实说，不是崇洋媚外。

中外小说都读遍了，你觉得你还是没有达到你想要的那种境地，那就说明你得出去走一走了，得亲身历练一下。这走一走也是有门道的，你不能一味地以一种方式行走，你要多种方法地体验生活，例如今天跟旅行团一起，明天自己出去，后天跟对象一起。去的地方也不能走马观花地拍个照撒泡尿就走了，你得深入体验下当地的风土民情，体验下在别处的那种美感。

所谓文学创作，就是创作出美的东西供人欣赏。当你体验够了阅读之美，体验够了行走之美，知道美是什么了，就能应了那句老话——熟读唐诗三百首，不会写诗也会偷。当然这种偷，不是抄袭甚至不能是借鉴，而是一种融会贯通后的顿悟、一种通明透彻后的创新。

比赛的套路

七月份的时候，应华章快意读写大赛的邀请，我去了趟长春。很久没有参加公开的活动，甚至可以说很久没有上路了。从长沙到上海再到长春，虽然只飞了几个小时，我却回忆尽了有生之年经历的种种。

做这样的回忆，也是因为主办方说除了做嘉宾给获奖选手颁奖之外，还需要准备一个演讲。作为一个写小说的，因为长期面对电脑，虽然偶尔出去旅行，面对的也是大海大山，很少面对太多的人。每次要面对很多人的时候，我总是会紧张，倒不是怕说错话，而是怕说废话，说了对听众无益的话，让听的人觉得浪费时间。

所以回忆尽了一切之后，我觉得我能够把有益的东西告诉给所有到场的朋友了。可惜也许是因为有家长在场的缘故，参赛的选手都比较拘谨，没有办法畅所欲言，所以我本来准备了很多过来人的经验想传授给年少的朋友们的，却也没有做到尽兴，只是笼统地说了下我的一些观点和看法。

回来数日之后，华章编辑让我写一个关于参与这次比赛的感想，我刚好趁着这个机会，详细地说下我的想法，这些想法应该对每一个青少年都是有益的。

很多老一辈的人，喜欢让年轻人去学习，死命地学习，去掌握各种学习的方法，完全不管年轻人爱不爱学，学了有没有用。所以导致现在社会上很多人找不到工作，找到了工作也不是自己喜欢的，小时候幻想过的梦想都不能实现，虽然也许有些过上了富足的生活，却总是在心里有种缺憾。

这种缺憾的来源，就是年轻时的选择。十三岁到十八岁这段时间，已经不再是要死命学习的时间了，而是需要你做出选择的时候了。选择自己热爱的东西，然后去奋斗。不管是成功还是失败，都能让你受益匪浅，这个年纪还输得起，还可以自由地尝试和选择，如果这个年纪你不选择，那这一生你都会活得很被动。

我十四岁的时候，读初中，学习成绩年纪前十、班级第一。可是那时候我觉得我并不热爱学习，我只是争强好胜喜欢当第一名，从幼儿园到初中我都是第一名，已经成了习惯。等到我讨厌这个习惯的时候，初中生活已经要结束了，这时候我打算退学。因为我觉得学下去没有意义，总拿第一名有啥意义呢，这些年来，出了无数个高考状元，其中成为社会精英的却寥寥可数。

退学后我去选择了我热爱的艺术学校，学了吉他，学了三年，然后发现我并不适合学音乐，因为没有天赋。于是我再次做出选择，去学计算机，学了几个月，就发现我其实也不适合学计算机。在学计算机的过程中，我接触到了网络，发现很多人在写作，于是我也开始尝试写作。然后一发而不可收拾，越写越多，发表得也越来越多，拿奖，成名，出书，终于在二十岁之前，就找到了我可以坚持一生的事业。

过去人常说：三百六十行，行行出状元。如今不仅仅是三百六十行了，三千六百行都不止。有这么多行业，干嘛不早点去选择一个热爱的然后坚持一生。如果你不主动选择你的人生，你的人生就会被你的家人朋友等各种人去选择。人生就几十年，被动地活过去，实在没意思。

这是我的一些看法，然后继续回来说作文比赛的事儿，我小的时候，作文比赛很少，甚至写小说的人都很少，写小说都是年纪很大的人干的事儿，小孩最多就写写作文玩。现在社会发展了，人成熟得也早了，年轻人也可以写出惊世骇俗的作品了，相关的作文比赛也多了起来。纵观国内各种网络文学比赛、杂志短篇比赛，华章快意读写相对来说是非常好的一个平台。我最初也是通过作文比赛实现了自己的文学梦，相信读到这篇文的你们，也能在比赛场上，找到你真正想要的东西。毕竟对于人生来说，提升自己最快的途径，就是去比赛。是骡子是马，拉出来遛遛才知道。

下卷

多一点真诚

我们这一生会遭遇各种无法预料的事情——谎言、背叛、失败、迷惘、恶意……只有自始至终的真诚，可以战胜这一切，让我们平安抵达彼岸。

失而复得

释迦牟尼佛说人有八苦，分别是生、老、病、死、怨憎会、爱别离、五阴炽盛、求不得。生、老、病、死，是自然生理上的痛苦；怨憎会、爱别离、五阴炽盛和求不得，是精神上的痛苦。

人生有这么多痛苦的事情，可见人这一存在有多么脆弱。还好与此相对应，人生还有四喜——久旱逢甘霖、他乡遇故知、洞房花烛夜、金榜题名时。

可惜这四喜是古时候的定论，现在这四件事已经不能让人多欢喜了。农耕社会进入商业时代，就算遇到旱灾也可以人工降雨可以南水北调。人情淡薄得可怕，他乡遇到故知常常也不知道聊啥还可能“被安利”。未婚早就啪啪啪，洞房花烛不过是走个形式罢了。科举早就被废除，即便考了名校也未必能找到好工作。

旧时的四喜没了，旧时的八苦却是一直在，而且可能再过一万年，这八苦也都会在。可悲的同时，渺小的人类又创造了四喜——升官又进爵、财源纷纷至、家合体魄健、共享天伦日。

大家习惯了苦中作乐，反正没办法，都来到这个世界上了，天天想着苦，不如天天想着乐。只是加官进爵、财源纷纷至太难了，都是成功人士的事情；普罗大众能够身体健康子孙满堂就不错了。

前阵子又有人发明了“小确幸”这个词语，意指那些微笑而确实的幸福，是稍纵即逝的美好。例如吃到一顿好吃的，看了一场好电影，买彩票中了五百块，拍了一组好看的照片，被喜欢的人夸了几句，等等。

这些快乐稍纵即逝，而且很容易被淡忘。仔细想想，可能唯一值得被一直记得、可以永远铭刻于心的快乐，只有失而复得，起码对于我来说是这样。

这些年我遇到很多人，经历很多事，拥有过很多，也失去过很多，失去的永远失去了，即便再回来，也会因为时过境迁，而变了模样。

但有一件事，有一样情感，可能永远会提醒我，有些东西，只有失去了才知道有多珍贵，只有错过了才知道这一生再也遇不到更好更合适的。

那是在我十八岁的时候，女友出国留学，我们一下子从异地恋变成了跨国恋。异地的时候，我时不时去看她，她放假了也能来看我。跨国之后，因为那时候没有微信，我们联系起来非常麻烦。她去的又是发达国家，办签证需要的担保金我都凑不齐，更不要说时不时买机票跨越重洋去看她了。

总之，我一下子就觉得，我们的感情没有未来。其实即便那时候有微信，即便那时候我有很多钱，可以随时去国外，我可能还是会觉得，我们的感情没有未来。

因为那时候的我非常自我，年纪轻轻就离开了学校，刚开始写作就成了名有了粉丝出书了，我觉得全世界都得让着我，作为我的女朋友，不想着怎么在我身边陪伴我，怎么可以一有机会就出国呢。

那时候非常直男癌的我，固执地觉得，女朋友不够爱我，我需要找一个爱我的女朋友。但是女朋友觉得，爱一个人首先要学会爱自己，爱自己就是让自己变得更优秀。出国留学就是为了变得更优秀，不然她会觉得她配不上我。

但我觉得这些都是借口，于是我们常常争吵。再深厚的感情，吵着吵着也会变淡，最后她也懒得吵了，我也懒得吵了。我们都觉得可能要分手的时候，好巧不巧，暑假到了，她要回国了。

于是我去接她，我已经抱着见她最后一面的念头。我还是爱她的，我很确定。只是我对我们的未来，一点也不确定，我觉得她一定会离开我的，为了未来不被伤害，我要先离开她才好。

那时候的我，自负直男癌的同时，也很自卑。一向很有主见的我，在遇到她之后，有点迷惘，不知道我们的感情该何去何从，可以说是拿得起、放不下，怎么也放不下。

结果在去机场接她的路上，我的钱包丢了，我忘记是上出租车时丢的，还是丢在了出租车上。那时候出租车已经开到了半路，我在车上找了一圈找不到后，就让司机开了回去。

我仔细想，怎么也想不起来钱包丢在了哪里。那里面有我的所有证件，女朋友搭乘的国际航班停靠的机场在另外一个城市，我需要先赶到她停靠的那个城市，没有证件，我根本去不到她身边。

我蹲在路边，觉得自己提前失恋了。她本来就开始对我不满了，如果说好去接她，又不能去了，她肯定会觉得我在找借口，然后我们就这样结束了。

那种被命运和现实摆布、一切没法由自己掌握的无力感，深深地环绕着我。我蹲了一会儿，情绪平复了之后，起身想往我出门时经过的地方走，那是一种失魂落魄的状态，一不留神，就摔了一跤。

擦破了膝盖，但是我一点儿也感觉不到疼。我四处看，明知道人来人往，钱包掉了，不可能不被人捡走，但还是抱着一点点希望，一点点我还能失而复得的希望。

正是这一点点希望，支撑着我走到了我出门前买水的便利店，我想也许是我丢在了这里，于是去问店员。店员毫不犹豫地从抽屉里拿出了我的钱包，说等我很久了。

当时我简直要哭了，喜极而泣的感觉。感觉上天给了我一个机会，让我可以挽回我的爱情。我感觉上天是在提醒我，如果不去挽回，这辈子就没希望再遇到真爱了。

再后来就是顺利接到了女友，推心置腹地聊了一晚上，相逢一吻泯恩仇，因为彼此还相爱，还是要走下去的。我也不再优柔寡断，不再自怨自艾，并且给自己规定，要做一个合格的男朋友，只要女朋友不离开，自己说什么也不能主动放手。因为这次，是上天给我的机会。

失而复得的钱包，失而复得的人。如今已经过去很久很久了，但我永远记得那种感觉，那种感觉大于人生的一切痛苦和欢乐。一念天堂，一念地狱，失而复得，就是从地狱，直接跳过人间，到了天堂。

己所不欲，勿施于人

也许是写了许多爱情小说的缘故，很多人就爱情问题发私信问我，我通常是不回答的，就算回答也是说——在情感问题上我自己也是个傻逼。

的确如此，人生梦想家庭学校文学写作方面的问题我都能回答，唯独情感问题，我觉得任何人都是分析别人的事情头头是道，摊到自己身上就傻了，既然自己都做不到断舍离，又怎么能要求别人呢。

更何况轻易地以自己的经验和学识判断别人是否该和好是否该分手是不道德的。网络上大多数回答情感问题的人都是在秀智商秀情商，逮到一个低智商低情商的人就乱喷一通，根本不是善意地帮人解决问题的。偶尔也能看到有一些人善意地充当了心理医生的角色，但也是隔靴挠痒，治标不治本。

仔细想想，所有的情感问题其实都是个人问题。无论你遇到的人多么渣多么婊，都是因为你本身有问题导致的。如此你不改变你的问题，就算甩掉这个，你还会遇到下一个渣下一个婊、下一个不爱你的人。

承认自己的错误总是很难的，改变错误更难。就像你习惯了凌晨睡，突然让你早睡你完全睡不着。但是你睡着了，就能拥有一个相对健康的身体。你熬夜了，第二天就会无精打采。一切的果都是有因的，一切吸引到你并成功和你在一起的异性，都是你曾经需要的。无论你现在多么嫌弃对方，都无法否认对方曾经吸引过你。如果你想摆脱对方，归根结底，你要摆脱的其实是会被对方吸引的你自己。

有人说，对的时候遇到对的人就好了，一切错误都是没有遇到对的人。这话倒是真的，但是对的时候遇到对的人，和买彩票中五百万差不多。而且买彩票中五百万，起码还投入了两块钱，有的人什么也不投入，就想着白赚五百万。

只有改变好了做好了你自己，才能更快地遇到对的人。这就像买彩票增加几率一样。你早睡早起有了健康的身体，就像花了两块钱。你还跑步锻炼身体有了好身材，就像花了四块钱。你投入得越多，遇到好的人的几率就越大。而且就算遇到不好的人，让自己变得好起来，也没坏处。

我曾经做过模范男友、渣男，也做过男神偶像和屌丝。以前被伤害的时候，我常常想起那句话——我一生没做坏事，为何这样？后来伤害了别人，我发现自己也会愧疚不安。可能所有善良单纯本质不坏的人，在情感上都是伤敌八百、自损一千。

总结起来，我觉得还是做一个好人，不去伤害别人比较好。我朋友跟我说过，一心一意喜欢一个人，走路都会带着风；三心二意喜欢好多人，尿尿都会滴湿鞋。在情感方面，不求多伟大吧，起码得做到心安。起码做个好人，可以早睡早起睡得香。

还有一部分人，喜欢站在道德的制高点批判别人。自己都做不到坐怀不乱，甚至根本就没人坐他的怀，却喜欢充当卫道士的角色，这种人比秀情商秀智商的人更屌丝，简单来说，这种人都是在秀道德的道德婊道德渣。真正能够影响别人的，永远是从自我做起，而不是从口头做起。

如果你一生只爱一个人，临死的时候说“你们最好像我一样”，也许会让人动容。如果你还未满二十岁，刚谈了一次恋爱，觉得自己是个称职的男朋友或者女朋友，然后看到朋友的男朋友女朋友不称职了就说三道四，那就只能让人呵呵。人生何其漫长，你不能在连自己会成为什么人都不知道的时候，就要求别人伟大。

我们最终都会变成自己讨厌的那种人。少数例外的、保持了童心的人，通常都有一个从好变坏又从坏变好的过程。充满变化的人生，才是完整的人生。所以有时候，分手不能解决问题，改变自己也不能解决问题，唯一能解决问题的就是改变对方。这当然比改变自己更难，但也不是完全做不到。

当我们面对一个好吃懒做花心花痴的对象，时间久了，我们会觉得自己爱得不值得，会想放弃。放弃总是很容易的，也许下个人就好了。也许我们把自己改变好了，就会遇到相对来说好的人。但是抛开那些缺点，我们选择的人，总还是有一些优点的；换了下个人，就算再出色，也不可能十全十美。

所以在放弃之前，不如试着通过改变自己来影响对方，如果你习惯熬夜他习惯早起，你可以调整下生物钟；如果他喜欢打游戏你喜欢看书，你可以试试体验一下游戏控的人生。

就算你不要当一个作家，偶尔体验一下别人的人生，也是蛮有趣的。做做好人也做做坏人，做惯了平时的你，也做做不一样的你，换位之后，就一定会有新发现。

不过，语言始终是语言，我也不指望会有人看完这篇之后真的做出改变，因为改变确实有点难。指责别人总是相对来说更简单点。

我男朋友爱玩不爱我，我女朋友虚荣花钱多，那么你自己呢？谁又会是完人呢？

没有人是完美的，但是我们可以去追求完美，去无限接近完美，就算有一个人看完这篇文后，不去指责别人而开始反思自己改变自己，那就算没白写。

把未来的事情交给未来

2014 年年末，我在新书写完后写道：“我要停止长篇小说的写作了，我觉得很累很累。”

当时说不清那具体是什么感觉，只是觉得很累很累，心里只有一个念头，那就是不要继续下去了，让一切都停下来。

时隔十个月，当我回首那时的状态的时候，终于有了一个清晰的答案，当时让我决心停下来的，与其说是疲惫，不如说是恐惧。

对无休止地重复做自己不喜欢的事情的恐惧。

我当时做着三份工作，早上给出版社和杂志社写长篇及短篇的小说，白天给出版公司和影视公司写人物小传故事大纲封面文案，晚上写剧本。

这三份工作，我最讨厌的是各种文案和大纲，其次是剧本，最后是小说。

然而，我曾经是非常热爱写小说的，我觉得在想象力的世界里翱翔是一件非常快乐的事情，直到我向市场妥协，开始写青春爱情小说。

众所周知，青春小说有“三宝”：车祸堕胎死得早。

我是多么讨厌这些狗血的剧情啊，但是翻开我转型后写的第一本书《从未想过失去你》，车祸堕胎死得早居然一样都不少。这样的小说写起来很轻松，但如果不算上消磨无意义的青春时光的话，其存在的价值和意义真的不大。

在决心转型的时候，我曾经尝试过曲线救国，妄想加一些自己真正想写的东西在市场需要的东西里面，这样做的结果是不伦不类，既没有讨好市场畅销得像牙膏一样，也没有坚持自我在小众的世界里孤独绽放。

梦想和现实之间总是存在很大的距离。

其实内心深处，我并不讨厌作者、编辑、编剧这三份工作中的任何一份。

只是我心中真正想做的作者，是学识渊博风趣幽默的学者，真正想写的，是让人读了之后增长见闻受益无穷的书。

我内心深处真正想做的编辑，是一年就打磨一两本书，每本都做得像艺术品一样，即使买到这本书的读者并不能理解书中的内容，也可以把书当作艺术品来装饰房间。

我内心深处真正想做的编剧，是能写出剧情深刻台词经典的传世之作，一辈子就写这一部戏也不遗憾。

然而，自身的不足、市场的限制，导致我写的是价值低廉的青春爱情小说，做的是粗糙庸俗的大众读物，甚至做编剧，也是和狗血的青春剧情为伍。

欲速则不达，我越是急于拥有一些东西，越是什么也得不到。市场环境也是如此，大量的图书被粗糙地生产出来，大量毫无营养甚至可以说是脑残的网络剧电视剧在拍摄和播放。我曾经以为入了行入了圈就可以渐渐地实现梦想，结果却是离梦想越来越远。我想国内应该不止我一个人，几乎百分之八十的文化从业人员，都是一边在大骂狗血，一边在助纣为虐；剩下的那百分之二十，则是彻底认为自己制造的狗血也是传世经典。

我并无意指责什么，也不是在自责，相比其他行业，文化行业为了利益出卖理想这种事情，已经干净纯粹很多了。起码文化行业的人夜深人静的时候还会想一想，其他行业呢，如果知道你这样想，恐怕只会说，有钱不赚？你傻吗？

据说莎士比亚说过这样一句话：“我们命该遇到这样的时代。”从事这样的行业，出这样的书，也是命该如此？

把一切归咎于时代，归咎于市场和大环境，把自己撇得清清楚楚，我觉得是很荒唐的行为。

时代是由活在这个时代的每一个人组成的，我们不能改变时代，不能改变别人，起码可以改变自己。

重复写狗血的小说剧本文案是我讨厌的，那就停下来。停下来可能会少赚很多钱，日子可能会因此而过得清贫，但毕竟死不了吧，那就没关系。

离开北京十个月了，我的心情已经变得很平静，我很感谢那时候决定停下来的自己，如果不停下来，一直纠结于梦想和现实，我最后可能会疯掉。

我当时的计划是，三年甚至未来的一生都不再写长篇不再写剧本不再写文案，只要偶尔写点短篇可以糊口就行了。当时我唯一担心的，就是停下来之后，时间长了总会坐吃山空，总会面临经济上的困境。

结果万万没想到，停下来之后，因为心态的平和，短篇写得更好了，一个短篇的价格常常抵得过我过去写的一部长篇。精致地做好一件事，所带来的收获远远大于看到剧本赚钱就去写剧本，看到改编游戏赚钱就去写网文。

现在我没有了经济上的压力，也没有了对不断重复制造狗血文章的恐惧，对写作的厌恶也在一点点地减少，我想要不了三年，我就可以写自己真正想写的长篇小说了。其实篇幅的长短并不能决定一个作者的好坏，有的人一辈子只写短篇，最后一样成了伟大的作家。只是我个人心中有一个执念，那就是写出结构足够广阔人物足够多元的小说，才算是真正完成了自己的创作梦。

当然，个人的梦想有时候对于整个时代来说是微不足道的，我在这个时候回顾自己的迷茫期和疯狂期，写下这篇文章，更多地是希望和曾经的我一样迷茫的同类人，能够及时摆脱精神上的误区和物质上的约束，回到正确的道路上来。

我们所做的每一件事，如果不能从内心深处感到快乐，如果不能在做的时候动力满满忘记一切，做成之后感到幸福，那就肯定是哪里出了问题，不停下来检修，就一定会迷失自己。

可能对于一个作者来说，每一次写作都是一次检修，起码对于我来说是这样，一件事我左思右想不明白，写下来再看就清晰多了，写一遍不够就写两遍，从梦想、人生、责任、自由甚至感情等不同的角度来看待同一件事，会得出不同的结论。虽然这种结论可能只是一时的，可能过了这个时期、有了不同的心情之后又会有新的看法，但在这一时期，保持清醒的头脑和正确的判断无疑是最重要的事情，而未来的事情和看法，只能交给未来。

真爱无敌

我也是最近才理解，爱情到底是什么。

尽管过去写过很多情话，也看过无数谈论爱情的名著，但是有些事情，必须亲身经历，才能好好体会。言传永远不如身受。

网络上曾经流传过一个段子，说恋爱就像在海边捡石头，你只要弯下腰捡了，就要相信自己捡到的那颗是最大最漂亮的，然后从此再也不要去海边。

如果你捡了后继续去海边，肯定会发现更大更漂亮的石头，然后丢了捡，捡了丢，等到有一天走到生命的尽头，回头去看的时候，才会发现自己已经错过最大最漂亮的那一颗了。

我曾经对这个理论深以为然，但是谁能保证一辈子只谈一次恋爱，毕竟不是石头，谈恋爱是相互的，你不抛弃对方，对方却可能会抛弃你。

这么多年过去，我抛弃过别人，也被人抛弃过。浪费了生命倒是其次，对我造成的最大的伤害，是我对这个世界越来越绝望。

没有钱可以再赚，长胖了可以减肥，很多东西通过努力都能得到，只有失望和麻木，一旦陷进去，可能一生就毁了。

很多明星衣食无忧，可以说是要什么有什么，过着无数人梦想的生活，可是他们还是绝望，并且陷入对人世深深的绝望之中无法自拔，最后只好自杀，因为不自杀，也是苟延残喘，做一具行尸走肉罢了。

越是聪慧的人，就越是容易陷入绝望。所以古人云："情深不寿，慧极必伤。"我谈不上有多聪慧，但是恋爱这种事情，只要分了手就是失败，失败的次数越多，就越容易丧失勇气和信心。而且我个人觉得，恋爱这种事没有经验可谈，每个人都不同，不管谈过多少次恋爱，到了下一次，还是摸着石头过河，无法预料未来会发生什么。

所以我越来越推崇海明威的理论，他说相对于这个复杂的世界而言，情侣是孤独无依的，只能依赖对方。所以相爱的人不能争吵，一旦争吵，发生隔膜，世界肯定就会将其征服。

有太多情侣吵架被第三者乘虚而入的例子了，我自己也有亲身经历。这世界上就是有很多不要脸的、无耻的人，你这边刚和女朋友发生了隔阂，他那边就立刻献殷勤，趁着女生心理脆弱的时候，以各种方式扮演好人。

但是，扮演的好人永远是假的，无法改变其是第三者的事实。毕竟要撑过漫长的一生，一时的温暖是不够的，第三者带来的只是短暂的刺激、短暂的温暖，也许看着炫目，却很容易被戳破。

写这篇文的时候，一个多年的朋友跑来跟我谈心，说他为了女友，舍弃了多年的稳定的工作，跑到了广州上班，结果女友跟他吵架后，一个广州烂仔趁虚而入，本来是两个人的事情，现在变成了三个人的事，最后他和女友不欢而散，分了手。可笑的是，他女友跟他分手后搭上那个广州烂仔不到两个月，就又分手了。

这就像饮鸩止渴，只能过一时。你在心情不好的时候，不要做任何决定，不然以后一定会后悔。你在刚失恋的时候，也千万不要立刻找个人填补内心的空虚，不然早晚还是得分。毕竟恋爱更多的是志趣相投，彼此给对方带去快乐，而且得是无穷无尽的、可持续的。

一时着急用来填补空虚的，通常都是残次品，毕竟真品不可能那么容易得到，真品也不会甘愿做你空虚寂寞时的慰藉。

说到广州烂仔，不是我有地域歧视，我过去一直觉得，上海男人不靠谱，嫁了上海男人肯定要倒霉。现在我觉得，上海男人，起码结婚前还是好的，问题常常出在结婚后，出在家庭上；而广州烂仔呢，则是在恋爱阶段就会搅和得你心生厌烦。

我以前的女朋友的男闺密、“备胎”，大都是广州仔，所以我一直对广州这个地方心生厌恶。旅行了十五年，去了国内所有地方，唯独广州，从未踏足。

话说回来，多年的朋友遇到这种窝心的事情，我靠发牢骚，也不可能让他解脱。除了劝他离开广州，更多的，还是希望他好好跟女朋友谈谈，虽然已经是前女友，但如果真的相爱，就不该因为这个烂插曲而分开。

真爱是无敌的，也正是因为真爱无敌，才有无数人想来挑战。就像古时候大家都想打败天下第一的无敌剑客一样，你想无敌，上天就会给你足够的考验，直到你真的无敌。

如果因为第三者一时的搅和，就真的分手了，那说明你们还是不够爱对方。冥冥之中，一时的贫困也好，异地也好，第三者也好，家庭父母的干涉也好，都是考验。

经得起考验的人，才是值得珍惜的人、值得深爱一生的人。

我劝慰之后，好友很听话地摒弃前嫌，去跟女朋友谈心了。能不能谈好，很难说。但是只要怀着一颗真诚的心，我想他总会遇到那个不愿辜负他的人。

同心锁

世界上最遥远的距离

世界上最遥远的距离，不是生和死，不是男和女，而是你在 1 号厅看《小时代》，我在 2 号厅看《后会无期》——我也来写一篇关于《后会无期》和《小时代》的影评或者说是观后感。前面这段话纯属博眼球，和内容无关。

看了《后会无期》，之前也看过《小时代》。这两部电影之所以会拿到一块儿比，原因只有一个，那就是他们的导演都是参加新概念作文大赛出身，都是在《萌芽》杂志靠写作出道成名的。

如果新概念获奖选手算是一个门派的话，那第一届获奖的韩寒无疑是大师兄，第四届获奖的郭敬明无疑是四师兄。而我作为一个小师弟，是没有什么资格评论两个成名已久的师兄的作品的。

所以看完之后，叹了一句，这么多年了，韩寒依旧是韩寒，郭敬明依旧是郭敬明，他们的作品风格都没有被这个世界改变多少，我也应该向他们学习。然后就默默地去写我的小说了。

直到看到不少关系不错的朋友为了这两部片子吵起来，底下还有一堆粉丝互骂，其中不少还是我的粉丝，这才觉得有些话还是说出来为好，与其被一些不懂的人乱说，与其让他们误导我的粉丝（虽然没有几个），不如我自己来还原一下真相。

因为我也有着同样的经历，例如退学、新概念作文大赛获奖、《萌芽》杂志出道、出书成名。恋爱时写幽默讽刺的小说，失恋时写华丽忧伤的小说，所以我自认为我对两位师兄的作品理解得还是比较透彻的。虽然不像他们写得那么好，但我还是懂的。

韩寒的电影讲述的是几个男人在小岛小镇小山村在荒郊野外在这个世界上瞎折腾，他们想要改变自己周围的一些东西，影响自己周围的人，最终改变的只有自己的故事。

郭敬明的电影讲述的是几个女人在大地方大都市上海伦敦瞎折腾，她们想要改变自己周围的一切东西，影响自己周围的人，最终她们改变的也只有自己。

这两部电影的主人公有个共同点，那就是以自我为中心，凡事先考虑自己。

还有一个共同点，那就是人物身上都有双面性，没有绝对的好人，也没有绝对的坏人。《小时代》里的女生帮助朋友，但是也睡朋友的男朋友。《后会无期》里的男人被偷车，也偷别人的车。

但这两个共同点都不如贾樟柯老师在《后会无期》里的那句台词总结得好——“我们都是没本事的人，没必要斗得你死我活的，各走各的路就好了。”

的确是这样，两部电影里的主人公都是没本事的人。他们都活得不容易，都在这个俗世奋斗挣扎，不管折腾得多厉害，最后都归于平凡。

两部电影的导演也都是刚刚起步，不能指望他们一下子拍出非常非常牛逼的东西，他们毕竟也是凡人，所以没必要太苛刻。而且这两部片子都有很多可取之处。你如果非要忽略里面感人的台词和认真的态度以及超高的票房，非要放大那些技术上的硬伤或者粉丝互相攻击的问题的话，那么请你取消对我的关注。

我只喜欢和宽容的人做朋友。看问题要长远，用《后会无期》里小学老师的话说就是：“要看到偷车贼身上的闪光面。”

虽然我们都不喜欢说教，都觉得自己才是对的。但当我们争斗的时候，看看外面的世界，有卫星掉落，有飞机遇难，有国与国之间的战争，和这些相比，我们的那点纷争实在太渺小了。

我觉得人类最大的进步应该就是不独裁不专制，不唯我独尊。要允许不一样的事物存在，才是合理健康的，才能让这个世界更丰富。

说现实点，作为韩寒和郭敬明的小师弟，我既在韩寒的“ONE · 一个”写稿子，也在郭敬明举办的文学比赛拿奖。他们的稿酬待遇都给得不错，尤其是“ONE · 一个”。我觉得他们成功之后，都在努力地提拔后辈，这一点写作圈子应该是有目共睹的。

所以我也希望两者的粉丝能够和平共处，给对方留点活路。大家都是没本事的人，都在写作圈子混，写作已经够艰苦的了，纸媒发展得也越来越差，现在能走出这样两个人，已经很不错了。

无论如何，我们都还算是同一个圈子的人。当我们在讨论韩寒和郭敬明的时候，周围那些忙着挣钱的人是把我们视为一类人的。相煎何太急。

我们真正应该思考的，是怎样才能从没本事的人，变得有一点点本事。

最后，如果要打分的话，我还是觉得《后会无期》分高一些，因为两部电影都是初看时觉得没啥，看后也觉得没啥，但过上那么一两天，《后会无期》里的小人物常常会在脑海里出现，因为现实里不如意的倒霉事太多了；而《小时代》里面的人物和场景，通常要等到失恋的时候才会想起，我们毕竟不会一天到晚失恋。

而且《后会无期》的出品人路金波还是曾经在写作道路上指导过我帮助过我的平顶山老乡，虽然他因为离婚的事情平添了一堆黑粉，就像小四因为抄袭的问题至今被黑一样，但他们都是比我厉害好多的人，我觉得他们身上还是有很多值得学习的东西的。

在你没有对方厉害的时候，学习对方好的，忽视对方不好的就行了。如果你不去学习，天天揪着对方不好的那一个点去黑，那你一辈子都不会进步，一辈子都是没本事的人。

最后，期待韩寒下一部电影，无论如何，你已经踏出了第一步，希望你可以走得更远。这样，走在后面的我才能更有信心。在这个浮躁的世界里，能不随波逐流，就已经是一种胜利。

如何谈一场健康长久的恋爱

如果两个相恋的人分了手，那么不管他们恋爱的过程有多轰轰烈烈，有多可歌可泣，都不能否认，这段恋爱是失败的。

成功的恋爱连死亡都不能将其分开，古今中外让我们羡慕的歌颂的爱情，都是生死相依、不离不弃，如董永和七仙女、梁山伯祝英台、罗密欧朱丽叶、杰克和“肉丝”，还有毛姆的名著《面纱》里的那对夫妻。

遗憾的是，现实生活中，我们没有那么多机会用死亡来验证我们的爱情。神仙不会爱上凡人，天条不会苛责我们，我们也很难出生在世代为仇的两个家庭。

艺术作品永远是把事情推到了极致，不死不休。但艺术总是源于生活的，如果把董永比作脑残粉，七仙女比作需要膜拜的偶像，那么天仙下凡嫁个普通人也是正常的，我们也能遇到超级偶像和小粉丝谈恋爱直到结婚生子的例子，例如林志颖，就是娶了百折不挠地喜欢他的粉丝。

而罗密欧与朱丽叶、梁山伯与祝英台都是遭到了双方家庭的反对，这种例子在生活中就更多了，反正不管你觉得你们多合适，父母觉得对方配不上自家孩子，就要横插一杠。

至于杰克和“肉丝”，考验他们的是灾难。如果只能活一个，生死关头，你会不会把生的机会留给你爱的人？其实在现实生活中，我们也会遇到很多灾难，可惜多数人都是贪生怕死只想着自己。

而《面纱》里的那对夫妻，考验他们的则是忠诚、宽容、信任以及背叛和任性，这些都是日常生活中经常会遇到的，所以才拿出来跟我们耳熟能详的经典爱情案例做对比。

如果你不幸爱上了一个偶像，或者一个偶像不幸爱上了你，那么董永和七仙女、林志颖和他的老婆就是最好的学习对象；如果你的父母反对你们恋爱，那么梁山伯与祝英台就是你们的学习对象；如果你们在生活中遭遇了灾难，可能要跟心爱的人分开，那么杰克和“肉丝”就是你们的学习对象；如果你在生活中遭遇了背叛，那么电影版《面纱》里的那对夫妻就是学习的对象。

他们这些被歌颂过的爱情有个最大的共同点，就是坚持，不管遇到什么困难和考验，都不放弃对方。哪怕是被年轻的任性无知的大小姐出轨背叛了，也要带其见识困难的现实生活，带其成长，让她意识到自己的生活有多美好多幸福，让她意识到她的丈夫是多么爱她，而她是多么地不知道珍惜。

这个世界上有太多的人生活在困难中，为了一顿饭挣扎，为了活命奔波，为了养家糊口而忍受各种苛责辱骂，还有为了逃避战火和瘟疫而流离失所骨肉分离的。

就在我写这篇文的时候，大马路上无数的人忍受着四十多度的高温骑着电车在送外卖，无数的人忍受着四十多度的高温在工地上赶工期，为了生存下去，他们没有别的选择。就像我为了生存下去，必须要数十万数百万字地写下去。

你如果能安安静静健健康康地谈恋爱，没有上天的天条惩罚你，没有父母家庭逼迫你干涉你，没有生死灾难考验你，没有老板催促你干活，那么你已经是这个世界上最幸福的那一批人了。地球上存在着的三分之二的人都没有你这么幸福。

那为什么，这么幸福的人，还要分手，还要被痛苦、心碎折磨呢？是因为幼稚、任性、贪婪不知足吗？

我今天写这篇文，就是想谈谈这个问题。

我不幸经历过几次失败的爱情，我们都知道失败是成功之母，但是我们不知道第几次的失败才是成功的亲妈，所以在遭遇成功的恋爱之前，在遇到我们觉得是命中注定喜欢你、你也喜欢对方的那个人之前，我们总是会遭遇失败。

回望我经历的种种失败，我总结了几条恋爱法则，一旦违背这些法则，肯定会分手。恋爱法则的第一条，就是忠诚，就是洁身自好只爱对方，将对方视为永远的唯一。

第二条是宽容和信赖，第三条是收获和回报。

首先，忠诚这一条，大多数人都能做到，除非你像《面纱》里的女主——从小娇生惯养，没遇到过什么困难，突然要结婚了，才发现没有人深爱她。她认识了很多优秀的人，但没有一个是非她不娶的，眼看美好的年华已经被她挥霍得差不多了，父母也开始嫌弃她，这时候有一个非常优秀的年轻人真诚地热爱着她，她毫不犹豫地就嫁了。

嫁了之后才发现，一切没她想的那么美好，两个人没有那么聊得来，丈夫虽然优秀，但是在相处方面有些无趣，而且婚后新家所在的城市也没有那么多的玩伴和玩乐场所，总之已经结婚了，她还是带着少女心，一门心思地想着怎么才能玩得更开心，完全没有考虑过，她已经过了可以不负责任地挥霍时光和激情的年纪，完全没有考虑过，新生活已经开启，她需要调整心态适应人生的新篇章。

等到她遇到一个谈吐有趣、模样俊朗的社会精英，很快就坠入了爱河，完全忘记了自己是有婚约在身的人，甚至天真地以为，自己爱的人，肯定也会爱自己，天真地以为，只要两情相悦，就一定能长长久久。

甚至到后来，两人的丑事被撞破，男方完全不想负责，丈夫也对她失望透顶的时候，她还没有意识到自己的问题，还是觉得男人不靠谱。

直到丈夫带她到了被瘟疫传染的灾区，看到那么多人突然就被瘟疫夺去了生命，看到修女们为了救人相继失去了生命，看到各路人为了帮助别人忙碌奔波，她才意识到，自己的生命有多轻贱，她才意识到从小到大，她都是一味地索取和被爱，从未奉献过什么。除了寻欢作乐的时候奉献她的肉体，但那也只是为了换回享乐。

当她看到她的丈夫因为无私奉献而被众人爱戴，她才明白，那深深爱她的人，是一个多么伟大美好的人，而她在对方面前，是多么的渺小可怜。

这一系列的遭遇，让她成长、醒悟，解开了那代表着虚荣、享乐、华而不实的面纱，彻彻底底地融入到了现实社会之中，在帮助别人中收获尊重和快乐，同时也因为自己的改变，而得到了丈夫的谅解。

这个案例讲得这么透彻，一是因为这个案例没有罗密欧与朱丽叶那么广为人知，二是因为这是现代社会中常见的爱情故事，而且这个案例不仅包含爱情，还包含了成长。

女主人公从幼稚、自私、纵情于声色的小女孩，成长为成熟稳重、勇于承担风险、懂得为他人着想的好姑娘，并且因为这改变，在收获爱情的同时，也收获了她跟父亲之间的亲情。

我回想我的爱情经历，因为年少成名，曾经被许多人疯狂地爱恋过。有人为我折了一学期的纸鹤；有人为我写了一年情书；有人为了看我一眼买了长途火车站票，一路站了十几个小时；有人为了证明对我的爱纵身跳河；也有人只是默默地陪伴我，做好一日三餐，在我写作累了的时候给我捶背按摩。

我一直不知足，我觉得折了一学期纸鹤为我祈福的，未必会折两学期；为我写了一年情书的，未必会写一辈子；把自己差点累死只为看我的，我觉得是傻；跳河的更可怕，爱情是让我感到快乐的，不要吓我；默默陪伴倒是最能打动我，但我还是经常挑剔对方做得不够多不够好。

最后的结局就是，曾经深爱我的，都远离了我。但我还不认为自己错了，我丝毫没有意识到，是因为我的冷漠不回应，导致对方坚持不下去了，我还幼稚地觉得，是对方爱我爱得不够深。

抛开爱得深不深暂且不论，自始至终，我又为她们做了什么？除了我的偶像光环，除了满足一下她们的虚荣心，实实在在的事情，我又为她们做了哪些？

她们看我的书，受到了启发和鼓舞，但是她们为此付了书钱的，我们是平等的。我呢，没有请她们吃过美餐，也没有下厨给她们做过饭，没有为了取悦她们而去买各种礼物，甚至连约会都不曾提前到过。

我总是觉得，我是偶像，我的时间更重要，你们都得让着我，配合我，哪怕你是我女朋友，或者正因为你是我女朋友，你就更该让着我。

久而久之，所有爱我的人，都远离了我。因为她们不是伟大的圣人，做不到一直付出，她们渴望回报，渴望被爱护。

但是我一直沉浸在享乐的世界里，一直沉浸在索取的世界里，一直觉得自己这么优秀，反正不会没人爱的，好年华一点点被挥霍，如果一直不醒悟，可能到死亡降临、孤单一人时，才会后悔吧。

过去，我常常会因为贫穷、因为对方不够好看、因为父母不同意、因为对方太幼稚而和对方分手。对方疯狂追我时带给我的温暖和感动，不超过三个月就会被我忘得干干净净。

我想要一个美丽的、有思想的、有才华的，跟我很聊得来还很爱我的女孩。我觉得只有这样的女孩，才能跟我长长久久，一直在一起。

可惜有一天，我遇上了这样的女孩，还是差点分了手。对方确实美丽、有思想、有才华、跟我聊得来还很爱我，但是我得到后，还是不知足，觉得对方应该时时刻刻陪在我身边，否则就是不够爱我。

而有思想有才华的女孩子，是不会为了爱而放弃自己的人生追求的，在陪伴我半年，发现我还是固执任性之后，她终于有了放弃的念头。

这时候，我才意识到，她对于我来说有多难得、多重要，我们未来的生命里如果没有对方的陪伴，将是多么的黯淡无光。于是我努力改变自己，开始变得虚心好学、守时上进，开始主动带她去玩，一起看书看电影，一起旅行一起品尝美味独特的食物，一起享受新奇别致的生活。渐渐地，她又变回了那个信任我依赖我的女孩。

好的爱情是相互的，是需要共同努力的。如果董永不知足，又爱上了七仙女的姐姐们，那就不再是纯洁的爱而是肮脏的欲望；如果祝英台不坚定，必然变不成美丽的蝴蝶；如果朱丽叶是听爸爸妈妈话的乖乖女，那么伟大的爱情就不会在他们之间诞生；如果“肉丝”爱慕虚荣爱慕荣华富贵，那么杰克也带不走她，更不会为她舍掉生命。

同样，如果《面纱》里的男主人公带女主人公见识了人间疾苦，女主人公还是那个骄纵任性活在爱情世界里不知人间疾苦的幼稚少女，那么她只会被人唾弃一生，甚至是她最亲的父亲，都会觉得她不可救药。

曾经热爱我的每个人，如果我及时地回报，那么我收获的，一定不会是失败。回到这篇文讨论的核心，在这个不需要用性命验证真爱的时代，很多时候，维护爱情是从生活中的细节开始的。

你不需要是腰缠万贯的富豪，不需要是名满天下的才子，不需要美艳绝伦或者地位显赫，你只需要有一颗爱对方、肯为对方着想的心就行了。

每个人都有自己的缺口，仙女也会觉得孤单需要陪伴，你给她买一艘船，有时候不如为她做一顿饭。

同样地，不管你的对象是什么样的人，只要你还跟他在一起，请一定不要忘了我刚才说过的恋爱法则：一是忠诚，就是洁身自好只爱对方，将对方视为永远的唯一；二是宽容和信赖；三是收获和回报。

我们这一生会遇到很多诱惑和考验，能够抵抗诱惑忍受寂寞，

自始至终爱你的爱人，是必须具备的品质。在你的爱人犯错、经历挫折、还在成长的时候，给予适当的宽容理解，换位思考，相信对方会为了你改变，也是必须具备的品质。

而收获和回报，则需要我们不断地进步和成长，你越优秀，能够带给你爱人的礼物就越多。当然你平凡也没关系，一个吻一个拥抱一个微笑，一生一世的陪伴，已经是这个世间最好的礼物。

当然，也可能会有人觉得我是站着说话不腰疼，觉得我已经成功了，已经有了经济基础，以后会更成功，会有更多的钱，所以一心一意谈恋爱就好了，而那些还要为生存而挣扎拼搏的人怎么办，那些还在上学、未来充满变数的人怎么办，难道他们不谈恋爱？

其实这个问题，很好回答。石康说过，他到了美国后，发现美国的女孩子特别好。当下雨天出门，车辆陷入泥泞中需要有人推车的时候，或者开车爆胎需要换胎的时候，美国的女孩子可以帮你推车，可以在你换胎的时候帮你的忙。而大多数中国的女孩子，只会安安静静地坐在车里，等你把车修好，能够下车来帮你撑个伞就已经很不错了。

真正的爱情，需要同甘共苦。同甘总是容易的，共苦太难，所以才说“贫贱夫妻百事哀”，还说“夫妻本是同林鸟，大难临头各自飞”。

有时候有些人，不仅没有帮你分担的能力，甚至连与你共同承担困难的意识和勇气都没有。有了意识和勇气，能力总是会慢慢有的。

虽然是社会结构导致的国内外男女生性格的不同，但在这篇文的最后，我还是想呼吁一下，年轻的、还在上学的、还没有成功的朋友们，请努力提高个人的能力，增强为对方承担的意识。这样有一天遭遇困难的时候，你们才能安然度险。

当你还在成长、未来充满变数的时候，只有提高了个人的综合能力，才能以不变应万变，才能在这个复杂的世界里，稳稳地掌控自己的人生。

如果你们恋爱双方，一方已经成熟，一方还在成长，成熟的那一方，一定记得多一些体贴和谅解，放慢脚步等一等你的爱人；成长的那一方，一定记得多一些信心和勇气，只要严格要求自己，你就一定会成为比你想象的更美好的人。

我们常说“严以律己，宽以待人”，在爱情里也是一样。想要拥有一个知心爱人，谈一场健康长久的恋爱，直到白发苍苍还爱着对方，直到白发苍苍还有一颗年轻的上进的欢喜的心，就需要严以律己，宽以待人。

如果一定要严以待人，宽以律己，请一定努力成为这个世界的王，否则，只会被抛弃和唾弃。而这个世界，早就没有了王，也再不会有可以随心所欲的王了。

不要被金钱束缚住

我出生在一个非常落后的小镇，在那里，豆腐坊老板家的儿子就是未来的豆腐坊老板，药铺老板家的儿子就是未来的药铺老板。而我作为杂货铺老板家的儿子，不想做一个杂货铺老板。

我想出去看看外面的世界，做一个不平凡的人，或者说，哪怕只是做一个和周围的人不太一样的人。所以我离开了家，开始四处闯荡。从乐团打杂到自由撰稿，从社会底层的小镇青年混到可以在一线城市开签售会，我用了整整十五年时间，在努力和坚持之外，我觉得我拥有所有故事里底层人物的努力刻苦和盲目乐观，正是这些底层人物身上才有的品质，支撑着我走过了这风雪满山的十五年。

我年少的时候还是蛮帅的，加上机智幽默，在路上行走的时候，围绕在我周围的基本上全是“白富美”。她们会选择我，只是因为她们见惯了父兄以及身边同龄的有钱人身上的那种浅薄无知和专横跋扈。

来自偏远落后的小镇，没有金钱地位和权力做背景，但却有着大多数上流社会人士身上不具备的幽默、勇敢和坚韧，就像《泰坦尼克号》里的杰克，所以我的青春期过得放荡不羁，去了国内多数地方，也靠这些吸引了无数女孩子。

她们本身不缺物质，缺的就是我身上的那股子乐观拼搏的劲头，因为我已经在底层，丝毫没有退路，只能不断进步。而富二代们，因为一切都有了，大都丧失了奋斗的心，大都是躺在父辈的丰功伟绩上睡懒觉，坐享其成。他们天生拥有的资源，就像一把“双刃剑”，用好了所向披靡，用不好就是欲望的枷锁，而大多数人，是做了这些金钱的奴隶。

后来我浪子回头，认真写作，成为畅销书作家，有了一点钱了，这时候我才发现，同样一个人，变了之后，不管你看社会，还是社会看你，都会发生变化。穷人眼里的世界和富人眼里的世界天差地别，这个世界对待穷人和富人的态度也截然不同。

这个社会有相当多的一部分人，莫名其妙地认为有钱人的钱必然是来路不明的，有钱人必然为富不仁有一肚子坏水，如果有个美丽的姑娘嫁给有钱人，那么必然是冲着对方的钱去的。

然而现实呢，其实多数有钱人曾经也是穷人，他们并不坏。个人的品质，有时候和穷富无关。毕竟财富这个东西，随时可以降临，随时可以消失，不能因为有没有钱而判断一个人。

所以当有一天，我女朋友说我就像《了不起的盖茨比》里女主角的老公一样冷漠麻木的时候，我真是觉得自己冤死了，我明明是盖茨比啊！！！

我明明是杰克啊！！！如果杰克不死，以后努力奋斗，说不定也会有钱，给“肉丝”美好的生活，难道“肉丝”会因为杰克有钱就认为他变了？难道上流社会的小姐一定得融入底层才是好姑娘？没有这么绝对的事情。

公众会有这样的思想误区，应该是因为，这个世界上穷人多，富人少，有些人又爱炫富，所以招人恨。

写这篇文，我只是希望，大家不要因为财富去评判一个人。诚然，金钱、权力、美色可以腐蚀一个人的心，但是庸俗和麻木、温水煮青蛙一样宽松自在的环境，比这些更容易腐蚀一个人。

为了避免被金钱腐蚀，避免变成自己讨厌的那种人，我收到稿费就会去旅行，一有钱就会想办法花掉。结果就是这么多年了，我一点存款都没有。危机感和紧迫感一直环绕着我，这种感觉带来的好处是可以让人一直进步，各方面的能力会一点点变强。

我个人觉得，有钱的人生不可怕，贫穷的人生也不可怕，可怕的是原地踏步的人生，是一成不变的人生，永永远远地重复，像中了诅咒，却不自知，甚至还乐在其中。

我希望我未来可以去更多的地方，写出更好的小说，有一双永不停歇的脚和一颗永远年轻的心。等到有一天真的老了，再找到一个地方从容度日，下下棋听听歌钓钓鱼，也蛮好。

这篇文可能写得有些自我，但是不能否认，人永远是金钱的主人，是万事万物的主人。无论何时，人都不能成为任何一种迷人的存在的奴隶。毕竟命运这个东西，你争取，就掌握在你手里；你放纵，就只能等着命运摆布了。

关于代表作

在《秦乱》出版之前，我已经出过书，也发表过许多短篇作品；在《秦乱》出版之后，我更是一口气出了一大堆作品。但是偏偏这本书被众人认为是我的代表作，个中缘由，实在是很难说清。不过在我个人看来，很难有一部作品能够代表一个作者，因为只要这个作者还活着，他的作品就只能代表他一时的创作状态。正所谓“盖棺定论”，我还没死呢，谁能判定这就是终极了？

话说回来，小时候我有很多理想，大到当上皇帝拥有三宫六院七十二嫔妃，小到弄死邻居家那条我九岁那年咬过我一口现在已经老得站立不稳牙齿松动大小便失禁的狗。但是我从来没想过自己以后要当一个小说家或者作家。

小时候我觉得写作应该都是心思细腻的人干的事儿，我是个粗人，记性也不好，常常丢三落四的，如果写小说，肯定会出差错，例如前面本来已经把那人写死了，但是写着写着却忘记了，又让那人出来说话。读者看了这样的小说之后，肯定会头昏脑胀失眠多梦记忆力减退。

可是现在，我不但写起了小说，而且越写越上瘾，几天不写就会感到怅然若失，几个月不写就会感到身似浮云心如飞絮气若游丝。

之所以会这样，不是因为我吃了仙丹或灵草，也不是因为逛街的时候突然被一个乞丐拦住说我天赋异禀骨骼清奇，然后送了我一本写作秘籍。

而是因为一个姑娘。（由此可见，一个人走上某条道路之后，可以为自己找无数个走上这条道路的理由，梦想、命运，甚至是异性都可以是起因。）

算起来，那已经是七年前的事了。那时候我十四岁，在一所校风极其不正的中学读书。有一天，班上转来了一名新同学。前文说过，我记性不好，所以那名同学的相貌和名字如今我已经不记得了，我只记得十四岁的时候，我对那个姑娘一见钟情。

可是那姑娘并不钟情于我。我的表白，换来的不是“我们还小，努力学习才是正经事，感情的事儿等长大再说吧”，而是“对不起，我只喜欢女人”！

我的人生观从此改变，不久之后，我便退了学。

退学之后，我整天待在家里睡觉。几个月后，朋友来找我，说县城里开了一所艺术学校，问我要不要和他一起去学吉他。我想了想，觉得闲着也是闲着，于是就去了。在艺术学校里待了一年，换了三个专业，最后老师拍着我的肩膀语重心长地说：“你弹吉他没有乐感，打鼓没有节奏感，唱歌又总是跑调。我看你还是学点别的吧。”

离开艺术学校后，我整日沉迷于网络之中，不但很赶时髦地搞起了网恋，还千里迢迢地去和人见面。结果自然是见光死。之后我破罐子破摔，不断地网恋，不断地和人见面，不断地见光死。

直到有一天，我坐在异乡的街头，回首我千疮百孔的青春，忍不住泪流满面。当晚，我在网吧里写了一篇发泄情感类的文章，贴到了一个著名的文学网站上。不久，那篇文章就被一家青春文学杂志转载了。我这才发现，原来我并非一无是处，原来我还可以干这个。

再后来，我就不停地写呀写呀！写完了就贴在网上或者投给杂志。虽然我写的小说很扯，可是粗人写的小说自有粗人喜欢看，于是很快，我就出名了，还有了一群忠实的粉丝，因为我的笔名是

“天涯蝴蝶浪子”，大家都叫我“天涯”，于是我的粉丝就叫“牙齿”。再后来“牙齿们”觉得名字不够响亮，就统一把我的笔名缩写了，自称“天子”。从此以后，“天子脚下”不再单指帝都北京，哪里有我的读者，哪里就是天子脚下。

出了名之后，就有很多人问我，当年退学是不是因为不满应试教育啊？我就说是呀是呀，应试教育害死人。

因为我之前不停地网恋不停地见网友，去了很多地方，所以我的文章里总会时不时地提到关于漂泊流浪的事儿。于是就有人问我，是不是为了流浪而流浪呀？是不是感受到了远方的召唤？我说是呀是呀，我是达摩转世，我喜欢流浪，就像鸟儿喜欢飞翔。

夜深人静的时候，我常常会想，假如当初情窦开得晚一些，我的人生观大概就不会改变；人生观不改变，我就不会退学；不退学，也就不会去艺术学校；不去艺术学校，就不会发现自己是个音乐白痴；不发现自己是个音乐白痴，就不会对人生失去信心；不对人生失去信心，就不会沉迷在网络之中；不沉迷于网络之中，就不会网恋；不网恋就不会失恋；不失恋就不会写文章；不写文章也就不会像今天这样生活。

也就是说，如果当初不早恋，现在我大概还在校园里，我的人生会和多数人一样，毕业，工作，买房，结婚，生子，老死。

到底是像多数人一样过平凡的日子幸福，还是像现在这样特立独行快乐？我给不出答案，也不想去寻求答案。

盲人歌手周云蓬说过：“蛇只能看见运动着的东西，狗的世界是黑白的，蜻蜓的眼睛里有一千个太阳。”很多深海里的鱼，眼睛蜕化成了两个白点。能看见什么，不能看见什么，那是我们的宿命。

生而为人，漂泊，写作，遇见什么样的姑娘，交到什么样的朋友，甚至写什么风格的小说在什么时间被什么样的人看到，大概也是命中注定的吧。

《秦乱》的诞生源于一个笑话，那段时间我没事儿做，生活空虚，心情抑郁，于是我喜欢的姑娘就每天讲笑话给我听。有一天她讲了个关于刀客的笑话，我就想，或许我可以写一个小说、一个轻松愉快的小说，然后将这个小说献给这个一直讲笑话给我听的姑娘。

这是我第一次认认真真写长篇小说，虽然之前已经出过书，但那些作品都是快餐，而且是在酝酿这个小说的中途，用了不到一个月的时间就搞定的。而这个小说，从开始写到最终修改好，整整用了近两年时间。

这两年里我从河南宝丰到四川眉山，又以眉山为根据地先后去了成都、绵阳、资阳等地，再之后又离开眉山，搬家至成都，其间又去了趟北京，回了趟老家。这样走来走去，感觉依旧是在路上，心却有些宅了。因为一直在走动的缘故，这个小说写得很跳跃，从愉快地扯淡到悲伤无望，又从无望回到玩世不恭。

一开始我以为这个小说会在玩世不恭的情绪里结束，让人笑着读起笑着读完，可是最终小说却是停在了悲伤或者说是麻木的情绪里。

我不喜欢悲伤无望的东西，生活已经够摧残人了，我觉得小说应该是给人希望或者让人放松的东西。而且拿这样一部悲喜交加悲多喜少的小说送给我喜欢的那个姑娘，也不是件讨好的事儿。

这个小说写完初版的时候，我拿给新概念作文大赛的获奖前辈、现在致力于歌词创作的阿甘大哥看，他看了之后说非常喜欢。在他写的序里，以及我另外一个好朋友铁头写的评里，都觉得穿越之后的那部分要更好一些。而那一部分，正好是我犹豫着要不要删去的部分。

最终我选择了保留那部分，不但保留，而且要大力地写那一部分，悲伤无望的东西虽然读起来会觉得心酸，但那是最真实的一面。没有谁能逃避现实，小说除了有趣，还是应该有一定的指引，起码让读者看到作者全部的内心世界。不过仁者见仁，智者见智，最终读者从这个小说里看到了什么，也不是我能决定的。

关于爱情的部分，这部小说描写得很少，很多地方都是一笔带过，所以小乐这个人物写得很简单。小乐的存在，完全是为了去表现秦舞阳这个人物的多重性格。在故事的最开始，我曾经想过写成一个只有男人的故事，但是很遗憾，就像这个世界上不能少了女人一样，只有男人的小说太单调了。而出现了小乐这个人物之后，我又觉得她有些多余。秦舞阳之所以没有高渐离自由洒脱，就是因为他有爱情。有爱情就会有顾忌，就得负责任。

所以小乐就像个跑龙套的，没有自己的想法，跟着秦舞阳东跑西跑，直到她穿越时空再也回不来了。我周围很多姑娘都是这样，她们的ＱＱ签名，一天到晚都在书写爱情，如果没有爱情，她们简直不知道该怎么生活下去。

那是我不能理解的人生，可她们真实地存在着，她们的总和，就等于一个布小乐。也许她们被爱着，而且那爱是真挚无私的，可我还是觉得那样的人生是可悲的。

在所有人物里，我最喜欢的是高渐离。他没有爱情不是因为没有姑娘喜欢他，而是因为他只喜欢他自己，最初他曾喜欢过荆轲，但那只是因为荆轲有他所向往的那种豪气而已。他才华横溢、满脑子奇思妙想。然而在那个尚武的时代，这些都是无用的东西，有时候甚至不能为他换回一碗米饭。

秦舞阳是我倾注笔墨最多的人，我像写自己一样写着他。同样，我也像不喜欢自己一样不喜欢他。一开始，我并没有想着一定要写秦舞阳，我只是想写春秋战国。在历史上所有的朝代中，春秋战国时期是我最喜欢的，那时候有五霸七雄，有孔孟老庄，有孙子兵法。我常常想，如果我能回到那个烽烟四起的年代，让我在帝王将相和游侠刺客之间做选择，我会选择什么？我想我多半要选择做游侠刺客，因为他们更自由。

时间确定了，开始找人物。最初只是想找一个游侠刺客中的杰出人物，只要这个人足够勇敢、潇洒、激情浪漫、特立独行就行了。这个人应该就像李白的那首诗——“赵客缦胡缨，吴钩霜雪明。银鞍照白马，飒沓如流星。十步杀一人，千里不留行。事了拂衣去，深藏身与名。闲过信陵饮，脱剑膝前横。将炙啖朱亥，持觞劝侯嬴。三杯吐然诺，五岳倒为轻。眼花耳热后，意气素霓生。救赵挥金槌，邯郸先震惊。千秋二壮士，烜赫大梁城。纵死侠骨香，不惭世上英。谁能书阁下，白首太玄经？”

然而接下来事情发生了变化，在找侠客的过程中，我读了一些史书传记。从史书传记中，我发现“风萧萧兮易水寒，壮士一去兮不复还”的潇洒悲壮背后还有“但爱其手”这样残忍的故事；看到一人之下，万人之上，率军出陈仓、定三秦、破代、灭赵、降燕、伐齐，直至垓下全歼楚军，无一败绩，天下莫敢与之相争的韩信也有受胯下之辱的时候，也逃不脱“狡兔死、走狗烹，敌国破、谋臣亡”的命运。看到高渐离彷徨孤苦的一生，看到身不由己的秦舞阳，于是突然明白，在乱世之中，“十步杀一人，千里不留行”也可能是被逼出来的勇敢和潇洒。

有了这样的感慨之后，我的眼里就只有秦舞阳这个人了。在历史上，他是一个被忽略的人物，偶尔有人提到他，也总是用胆小怯懦来形容他，殊不知他随荆轲刺秦王的时候只有十三岁，还有史料记载说“她”是个姑娘。苏轼说：“古之所谓豪杰之士者，必有过人之节，人情有所不能忍者。匹夫见辱，拔剑而起，挺身而斗，此不足为勇也。天下有大勇者，卒然临之而不惊，无故加之而不怒，此其所挟持者甚大，而其志甚远也。”

秦舞阳即使没有大勇也应该被原谅，更何况没有大勇不代表他没有大智，当初他若帮荆轲把秦始皇杀了，历史就得改写了。

于是我试着站在秦舞阳的角度看那个乱世，从他少年时代一直看到青年时代，这个小说基本上就是他的成长史。在写到秦始皇病死的时候，我曾休息了一阵儿，打算收笔。因为作为一个古人，他该看到的都看到了，不该看到的也看到了。

然而就是在那个时候，我们生活的这个时代发生了一连串匪夷所思的事儿，这些事儿让我觉得我有必要借助秦舞阳的眼睛看一看我们这个时代。或许我的某些观点有点偏激，但就像我不能理解的那些姑娘一样，它们真实地存在着，它们不应该被忽视。

之前以写穿越小说成名的晓丹叮咚看了《秦乱》后半部分的一些情节后说：“很有想象力，就是感觉有些灰暗。”

是的，不能否认，现在的读者，尤其是少男少女，大都喜欢看温暖浪漫的爱情故事。我也曾想过写一些温暖浪漫的爱情故事，但是到书店一看，马上就绝望了，那样的爱情故事书堆得满满一墙都是，我没有必要再写一本把它们堆得更高。

要么不写，要么就写与众不同的东西。抱着这样的想法，我写完了《秦乱》。写完之后再去分析，发现里面还是有很多东西是前人写过的，应了《圣经》上那句话——“日光之下，并无新事。”

南来北往的少年梦

十四年前的冬天，我决定退学。那时候的理想是做一个流浪歌手，浪迹天涯。那时候在学校学的一切东西都跟我的理想没有关系，数理化、语英地，这些东西离我向往的高山流水风花雪月太远了。

父母自然是不同意的，因为我是家里最小的最受宠的孩子，他们即便同意我退学，也不会让我去外面流浪，那种居无定所、避免不了要忍饥挨饿的生活，谁的父母也不会让自己的孩子去过。

可是我已经做了决定，我不想在我不喜欢的东西上浪费时间，我必须行动起来。虽然那时候我连身份证都没有，虽然我也知道流浪的途中会发生各种意想不到的事情，可是想多了，顾虑多了，就

什么也做不成了。

·

一件大事，总是由各种小事累积起来的。对于一个十四岁的少年来说，去流浪，是最大的事儿了。为了这个目标，首先我要退学，然后我要学会弹吉他。我倒不是有多么热爱音乐，我只是想弹着吉他在街头卖唱，换取我前往下一站的路费。

学校没有怎么干涉我退学的事儿，当我的成绩从年级前十名退步到年级倒数第二名的时候，学校已经把我当作可有可无的学生了。我走到班主任的办公室门前，走到这个在我还是班长的时候无比器重我的老师的门前，想了很久，还是没有推门进去。

我选择了不辞而别，对学校而言是退学，对家里而言就是离家出走了。那是我第一次离家出走，花十块钱买了张离开我所在的地方的车票后，我身上就只有五块钱了。我想我首先需要找个工作挣点钱，五块钱能让我走多远呢？

也是我运气好，误打误撞进了一家中介所，他们介绍我去一家休闲中心打工，那是个不合法的场所，所以不需要我有身份证。可是我付不起中介费，那时候我多么傻，我以为我遇到了天大的好人，在他们帮我找好工作后，我才知道，人家是要收取中介费的。其实也不多，只需要二十块钱，可是我只有五块钱。最后他们拿走了我仅有的五块钱，然后告诉我说剩下的十五块从我第一个月的工资里扣。我有什么理由不答应呢？

第一份工作是轻松的，每天只要打扫一下卫生就可以了。大部分时间我都是在看《三国演义》，那本书也许是我的前一任留下的，书皮已经没有了，但页码还算完整。那是我第一次接触三国故事，一看就入了迷。

在我看《三国演义》的时候，关于我的寻人启事已经贴满了大街小巷，如果我再不回家，电视里也会插播寻找我的新闻了。我始终不够心狠，想一想年迈的父母，我还是回去了。

这一次离家出走后，父母同意了我退学的要求。第二次离家出走后，父母同意我去附近的城市学吉他。现在我已经二十四岁了，从十四岁到二十四岁，这十年里，我在家里待的时间加起来恐怕不足五个月。无论我这一生最终多么辉煌，多么成功，我想我都还不清对父母的亏欠了。写这段文字的时候，我刚从香格里拉回到丽江，之后要去昆明、贵州、成都。我的家在河南西部的一个小地方，在家的时候，我喜欢远方的任何一个地方；真的到了远方，家又成了远方。

我最终还是没有把吉他学好，但我还是去流浪了。那时候父母已经对我失望透顶。我小时候因为学习成绩好总是拿奖状，是方圆十里的正面教材；等我去流浪的时候，所有亲朋邻里都拿我当反面教材教育自己的孩子。

写起小说纯属意外，因为我在流浪的途中认识了一帮写小说的朋友，因为喜欢一个姑娘，就写了第一篇小说，那时候心思很纯粹，只是为了写而写，却没想到会有那么多人喜欢。我有很多个笔名，最初只是在网上写，看到那么多人追着看我的连载，我无比开心。学习成绩一落千丈之后，已经很久没有人赞扬我肯定我支持我了。

等到贴在网上的小说开始发表，开始拿到稿费之后，我才想到，也许写作可以取代弹吉他，给我带来流浪途中所需要的钱。

在流浪的途中，我曾经一连三天没有食物吃，只靠自来水维持生活；曾经被骗到传销组织里，过了口是心非的一周；曾经和数不清的姑娘暧昧纠缠，最后各奔东西，相忘于江湖。经历的时候，觉得这些都是无比痛苦的事情。等现在去回忆的时候，又觉得那种经历是珍贵的，如果再给我一次机会，我还是会选择走那样的路。

《三国无双》这本书同样是在漂泊的途中写下的。从成都，到河南，到上海，到厦门，再到昆明、丽江、大理、香格里拉、六盘水，最后回到成都，这一年走的地方不比上一年多，但却比之前任何一年去的地方都要美。

书中的人物时而欢乐，时而悲伤，如同我的生活。但又和生活不尽相同，生活是我无法预料和把握的，我只能努力朝着我认为对的方向走；而小说我可以自由地控制。我想我最初是希望过上自由自在的生活才走上流浪的道路的，可是真的在路上了，我又发现人生在世，无论如何都不能获得纯粹的自由生活，只有小说里才有那样的生活。在以后的日子里，我想我的人生轨迹都不会有太大的改变了。一路走，一路写，我喜欢这样，也只能这样。

出版了一些书之后，实际上我开始从流浪者变成旅行者；开始从只逛风土民情、不看人造景点，到逢景观必买票进去观看；开始从坐火车硬座变成坐卧铺。看似提升了档次，提升了水平和质量，却没有提升性质。需要忍耐的东西越来越多，我感觉自己时刻都可能会爆炸掉。但成长也许就是这个样子，我已不可能再是过去的我。以前可以为了去一个地方，买一张站票，站上一天一夜，还能兴致勃勃；现在如果买不到卧铺，我宁可不去那个地方。不过没有变的是依旧不喜欢坐飞机，不喜欢太快速的东西，这个世界已经变得够快了。

写完《三国无双》之后，编辑问我，为什么要写吕布呢？我当时没想明白，现在重新问自己，答案应该是，从吕布身上，看到了另外一个自己吧。

秦朝的秦舞阳、汉朝的吕布，还有晋朝唐朝宋朝明朝清朝，肯定都会有这么一个人，他一定不是个大人物，最多有一些虚名，他一生一定充满了遗憾，到死都没有得到自己想要的，到死都在追逐，追逐不存在的东西。

我喜欢这样的人，或者说对他们没有抵抗力。我写这样的人，是想从他们身上入手，还原一个别样的历史。至于写这样的人，有什么重大的意义，我还真没想过。我一生追求好玩，追求有趣，追求有意思，却从来没有考虑过意义。意义大概都是别人定论的吧。

我想不久之后，我会去一趟青岛和敦煌，然后国内基本上就被我走遍了。不知道什么时候习惯了这样的生活方式，写一本书，去几个地方，循环往复，直至老死。现在我自己也说不出这种生活方式是好是坏，自己是喜欢还是不喜欢，只能说不讨厌吧，就像玩微博一样，玩久了，就被控了，如果长久不写小说，就会觉得空虚，长久不行走，就会觉得憋闷。

之前有人问我，为什么要到更远的地方去呢？为什么那么早就退学出来漂泊呢？我当时解释说是因为爱情，有爱不觉天涯远。这确实是原因之一，却不是全部。可能我骨子里，就是有这种漂泊的命吧，即便没有爱情，我也会一直走下去。

有人说出一本书，就像往海里丢一个漂流瓶一样，不知道会被谁捡到，不知道它的命运是怎样的。作为小说的作者，我想，我只能祝福我的每一本书，祝它被更多的人看到，被更多的人喜欢，就像祝福一个刚出生的孩子。

二十九岁那年的夏天

我今年整整二十九岁了，在我十四岁的时候，我觉得三十岁是个可怕的年纪，我可能活不到三十岁，结果转眼三十岁就到了眼前。

活到这一年，我的生活发生了一些本质上的变化。最重要的就是，我开始觉得，我多活一天，就赚了一天，每一天，都被我当作末日来过。

我依旧在出版公司上班，朝九晚五，像这个世界上所有人一样，好像是按部就班地生活，但其实只是表面上平静。

到了二十九岁，我终于明白，这个世界上所有的规则都是自欺欺人的把戏，例如多少岁上学，多少岁工作，学什么可以找到好工作，等等，都是骗人的把戏。

但大多数人都被蒙在鼓里，或者说从来没有去想过，现实的规则有什么不对劲的地方，毕竟大家、整个地球的人都在这么过。

就算你一直不上学，一直不工作，一直不恋爱，也没关系的，没有你想的那么严重，你脱离了这些规则，一样可以活得好好的。你活得不好、不开心，常常是因为你害怕自己脱离了规则。

因为恐惧，而接受苟且，继而习惯、麻木。

我在这一年的夏天，去了很多地方，和喜欢的人一起，过得非常开心。这可能是我有生以来最开心的一个夏天，未来我想会有更开心的夏天，只要我抱着每天都是世界末日的心态过，怎么都是赚的。

在这一年的夏天，我想起了很多过去的人，和她们一起做的事情，就像是上辈子的事情。那些来过又消失在生命里的人，如果不是偶尔想起，就像从来没有来过一样。

所以说爱情这个东西，谈多了毫无意义，谈成一次就够了。谈不成的恋爱，根本不叫恋爱，只能叫浪费时间。

过去我一直觉得，浪费时间是可耻的。结果到了二十九岁这一年，我感觉我余下的人生，都是在快乐地浪费时间。

因为过早实现了梦想，我曾经一度觉得，我再活着已经是多余的了；直到有了新的梦想，才明白只要人还活着，一切都会变。此时此刻的我，和明天的我是不一样的，所思所想和行为也不一样。

也许明天我又会觉得不断奋斗的人生才是有意义的，但那是明天的事情。二十九岁这一年的夏天，无数的想法在我脑海里涌进涌出，我感觉自己快要爆炸了，是快感爆棚的那种爆炸。

我希望时间过得慢一点，秋天永远也别来，就这样停留在这个美好的、充满希望的夏天。这一年是 2016 年，可能对于有的人来说，这是灾难遍布的一年，这个夏天给了他们惨痛的回忆。

但是对于我来说，这个夏天可能会是我年迈后关于美好生活的起点。我在这一年的夏天找到了真正适合我、喜欢我、我也非常喜欢的人，还在出去吃煲仔饭的时候顺便订了婚。

戴上婚戒的时候，我感觉就像杀手第一次拿到了手枪，世界一下子就变了，从此我不再是个小孩子了，很多问题我要勇敢地去面对、去担当。

只要你足够勇敢地去爱，世界就会变得足够美好。我过去怀疑的一切，都在二十九岁这一年的夏天，变得坚定且充满了希望。

爱与不爱的距离

从 2012 年 12 月 12 日开始写《等你来》这本书到最终定稿，足足用了十个月的时间，可以说是十月怀胎。这十个月的生活因为这本小说的存在，像一场大梦一般。

虽然写这本书在《听说海角天涯只有风能到达》出版后没过多久，但其实在开始写这本书之前，我已经好几个月没写小说了。

这本书比我以往写的任何一本书都要艰难，我不知道读者读的时候是什么感觉，我自己写的时候，一直处在才华耗尽的状态。快写完的时候，我真担心写完这本书之后我就再也写不出小说了。

在写这本书的中途，有几个很久没见面的朋友来长沙办事，叫我一块出去吃饭。我是个闲人，没有理由不答应。席间他们谈他们的项目，我只顾埋头吃东西。

嘴巴很忙，耳朵却闲着。虽然来湖南已经快两年了，但还是不能完全听懂他们的话，只听到他们在那里一会儿八十万,一会儿八个亿地谈着。具体谈的什么项目我不懂，但也可以听明白是个大项目。

如果单用金钱来算的话，他们搞这一个项目所赚的钱，大概够我写一辈子小说所赚的钱了。

他们一个是主任，一个是主编，一个是公司副总，年纪比我大不了多少，但混得都要比我好N倍。当然，我是以金钱的角度去衡量，是以世俗的角度去衡量。

如果是以粉丝多少的角度去衡量，那我肯定是最伟大的，即使再穷一点，即使落魄到流落街头，也是最伟大的。但这没有用，除了满足一下虚荣心以外一点用都没有。

上面提到的朋友都是最近两年认识的，无论是杂志主编，还是报社主任，抑或是文化公司的副总，多少还是跟文化沾边的。

如果再往过去看，就会看到我的那些非文艺圈的朋友，他们现在大都已经结婚生子了，基本上很少出来鬼混，很少跟我联系了。

但凭着以前的交情，我多少可以猜出他们现在的生活，他们一定在经商，无论是贩卖煤炭，还是贩卖服装，抑或是贩卖酒菜，肯定都是在卖着一种东西，卖着一种生活必需品。

这就是他们和我的区别，他们卖的是必需品，而文学，在当今社会，还只是个装饰品。

大多数人还不需要这种装饰，而这种装饰品的创作者——作家，也就成了一种可有可无的东西、一种现实生活以外的人。

在某家报纸上，石康说:“在中国，有人认为成功的作家应走这样一条路：首先，他应是一个社会的道德榜样；接着，他还要写出一些受欢迎的作品；再接着，当社会用一些名声与利益来奖励他的工作时，他应当对于那些奖励报之以淡泊的态度。这个态度的具体表现即是，要么，他视名利如粪土，拒不接受；要么，他悄悄接受，然后避而不谈。前者令常人无法理解，后者虚伪。社会之所以对作家有这种态度，只是因为缺乏有关作家的信息，他们不了解作家的工作，也不了解作家作为社会个体的实际情况。毛姆曾说:‘作家写出作品，犹如刚生下宝宝的产妇，你可以抱一抱她刚生下的小宝宝，亲一亲，却不能掀开产妇的被子，查看里面的血污。’”

我很赞同石康的这一观点，于是每写一本书，我都会单独写一篇文章来讲述我作为一个社会个体在写书过程中遇到的实际情况。这些实际情况可以用一个词儿概括，那就是——杯具。

晚上那些朋友要去酒吧喝酒，我没有去，虽然论酒量的话我是他们几个的总和，但现在的我不需要酒，我需要奋斗。

不求奋斗到数钱数到手抽筋，但求能睡觉睡到自然醒，但求醒来能有书看，没书看的时候能推着购物车逛书店，一次买上几十本。

世界末日那天和朋友聚餐到深夜，聚餐结束后，在回住所的公交车上，我开始构思这个小说。

为了写好这本有点悲伤的关于青春爱情的小说，我重新温习了一遍我的少年时光，我的十四岁到十八岁，我的那些早已断了联系的朋友以及我们干下的那些荒唐的事。

那时候在苏州，我们六个人，有男有女，分别来自上海、南京、郑州、盱眙等地，我们没有工作，也不打算去找工作，我们唯一的共同点就是离家出走。

小A是因为弄丢了一件贵重的东西；小B是陪小A出来的；小C是因为失恋；小D是因为没考上好大学；小E和我是感觉在家里太受束缚了。那时候，我们都未满十八岁。那时候，我们什么也不怕。

有钱的时候，我们去K歌，去泡酒吧，去大鱼大肉地猛吃；没钱的时候，我们就在街头闲坐着，几个人抽一支烟，几个人吃一块烧饼。路过快餐店，看到门口有丢下的完整的水果，我们都会捡起来分着吃了。

身处其中的时候，我偶尔也会后悔，后悔自己不该出来受这份罪。可是想想家中枯燥的生活，还是觉得跟哥们儿在一块是快乐的。

一晃多年过去了，那帮哥们儿不知道现在在干嘛了，也许已经结婚生子，也许还在闲混着。这本小说的诞生要感谢他们，我的生命中将再难有那样的生活。

这是我正式出版的第七本书。我超级喜欢七这个数字，夹在六和八这两个吉利的数字之间，我早期的读者应该知道我曾经有一个女朋友，就叫七七。

我从写青春小说出道，到写历史小说成名，后来又开始写奇幻，其间经历了一系列艰难坎坷，在此就不多述，只说从这以后，我又回到了写青春小说的道路上，算是岔路走多了又回正轨，但我并不后悔那些岔路，它们让我活得更清醒明白，所以以后如果浑浑噩噩了，我可能还会继续走走岔路，反正最终还是会走回正轨的。

和《秦乱》的荒诞不经不同，和《谁的青春伴我同行》《听说海角天涯只有风能到达》的一味恋爱也不一样。

从我个人的角度说，《秦乱》是讲我过去的幻想世界，《谁的青春伴我同行》和《听说海角天涯只有风能到达》是讲我过去的漂泊经历，而《等你来》则是讲叛逆者的遭遇，爱情虽然是主题，却不是全部。

其实在我和那些朋友们在一起鬼混的时候，就想过要写这么一个小说，但当事者迷，那时总也理不出一个像样的轮廓。好在我的记忆力很奇怪，这么多年过去，很多本该记得的事情都忘记了，很多本以为会忘记的事情却还记得。

这本小说里提到的几个人，没有以任何人为原型，但我过去的每个朋友，都多少能从他们身上找到自己的影子。在那个年纪，他们过分地理想，过分地叛逆，过分地相信爱情。他们不相信任何一个人，却相信爱情。

爱情是什么？

很多年前我们曾以此为题在《萌芽》杂志上讨论，讨论了半年也没有得出结论。爱情在每个人的心中都不一样。但多数人都认为，爱情就像放风筝，放得太高就会断线，但每个人都想把自己的爱情风筝放得足够高，超越所有其他的风筝。

说到这里，我又想起陶晶莹的歌《太委屈》，我的书里总是充斥着大量歌词，尤其是周云蓬的歌，短篇长篇我都在引用。

之所以会有这样的情况，是因为写作的时候，为了保持和这个世界有足够的距离，为了更好地沉浸在小说的世界里，我常常在听歌。

听到喜欢的，就循环往复地听，直到故事里的人物命运跌宕起伏到了和歌词表达的意境一致的时候，我就换一首歌，继续循环往复。

继续说爱情，或许我们都曾苦苦地等待过一个人，执着地追求过一个人，莫名其妙地包容过一个十恶不赦的人。但那都是生命中很短的一段光阴里的事，比感冒期要长一些，但又和感冒期差不多，过了那阵子，那个人就被抛到脑后了。

能一辈子爱一个人、死守一个人的人，在我看来，只有小说或者电影里才有。

我曾经想过做这样一个人，但很遗憾，我已经经历了那么多次爱情。现在的我，只能创造这样的人。

在我以往的小说里，无论长篇短篇，里面都有这样执着的人。我看着他们，就像看着我的一个理想，那么亲切，又那么遥远。

离群索居，暗夜独行

我常常会因为过去的事儿跟人打赌，几乎每一次都是我输。我明明记得某件事是那样发生的，可事实总不是那样。随着输的次数的增多，我渐渐地对自己的记忆丧失掉了所有信心。有时候我想，是不是因为写小说的缘故，所以我脑海里逐渐长了一个过滤器，过滤掉了很多我不愿意记得的东西，只是这个过滤器质量不好，常常把我想记得的东西也滤掉了。

十一岁之前发生的事儿，我基本上全都不记得了，如果不是十六七岁的时候我就养成了回忆过去并且把回忆写下来的习惯，恐怕再过十年，我会连我二十一岁之前经历的事儿也忘记。我只能在小说里一次又一次地虚构那些我忘记的过往，并试图让自己相信这就是我所经历的一切。

《谁的青春伴我同行》这部小说的关键词是流浪、爱情和理想。一个少年，从十四岁到二十二岁，从伤人到离家出走，再到一次又一次地相爱和分离。时间带走了他的青春、激情和梦想，却始终没有带走他的单纯，那种让人怜惜又郁闷的单纯。

在我童年的记忆里，做一个流浪歌手是一件很潇洒的事儿。在身体发育得足够跋山涉水，脑袋里也装了一些知识后，我退学，离家，拜师学吉他，最终如愿以偿地在苏州某地做了流浪歌手。

可笑的是，当我的吉他声响起的时候，成群结队的人从我身旁走过，却没有一个人停下脚步。一天、两天、三四天过去，我弹奏的歌从欢快到迷茫再到悲伤，终究还是没有一个人停下脚步倾听，更别提打开钱包施舍钱财了。

这个世界什么时候变得如此冷漠了呢？或许一直都是这样冷漠，只是我以前看错了？离开苏州的时候，我摔了吉他，再也没有开口唱过歌。

之后误打误撞，我走上了写作的道路，并且在这条路上混得风生水起。但无论写作给我带来多大的荣光，都无法弥补我当年的遗憾。《谁的青春伴我同行》的诞生，很大程度上是我对自己已逝的梦想的一次祭奠。

写《谁的青春伴我同行》的时候，我整个人处在亢奋状态，以前所未有的速度在键盘上敲打着这个似乎已经在我脑海里憋了多年的故事。可是写完之后，却一点大功告成的成就感都没有；相反，倒是有一种被抽了筋脉般的感觉，身体瘫软，心情颓废。我甚至有点后悔这么早就开始写这样一部跟回忆有关的小说，或许再过几年，我会更客观地审视我的过去。

这个小说写于夏天，二十多岁的我和十多岁的我一样喜欢夏天，只是十多岁时喜欢夏天是因为天上有鲜艳的太阳，地上有鲜艳的姑娘；二十多岁的我喜欢夏天却是因为夏天会有很多新鲜的蔬菜上市，味美而且不贵。从激情澎湃到随遇而安，这种心理的变迁和小说中主人公的心理变迁分毫不差。

小说中那个叫苏然的少年几乎拥有我所有的毛病，自卑又自负，心比天高命比纸薄，有时痛饮狂歌，有时听风泪落。虽然虚构了太多情节，可是他的性格和情绪却像我的孪生兄弟一样。如果遇到他遇到的那些事儿，我大概也会那么做，至于会不会落个他那样的结局，那就是运气的事儿了。

在构思这个小说的时候，我给它取的名是《暗夜独行》。“离群索居，暗夜独行。”这句话曾经伴随我度过近十年的光阴，以后想必还要伴随下去。我一直很想把这种状态写下来，一个人，一个背包，一颗不安分的心，脚下是永无尽头的路，或是穿行在茫茫大地上的火车。

可是写到最后，主人公身边始终有姑娘，除了漂泊，主人公始终摆脱不了爱情的诱惑，始终为情所困，为情所累。每当爱情之花枯萎凋谢的时候，他总是用新的爱情来掩埋，于是小说便换了新的名字。

从我的姓名和笔名就可以看出，我对名字这类事一向是很随便的，想得越多脑袋越乱，更何况这不过是一个代号而已，就是叫“傻蛋”，如果他足够强大的话，一样会被人尊重的。

同样的故事，不同的视角

“蛾眉耸参天，丰颊满光华。气宇非凡是慧根，唐朝女皇武则天。美冠六宫粉黛，身系三千宠爱。善于计谋城府深，万丈雄心难为尼。君临天下威风凛凛，憔悴心事有谁知怜。问情何寄，泪湿石榴裙，看朱成碧，痴情无时尽。纵横天下二十年，深宫迷离任凭添，两面评价在人间，女中豪杰武则天。”

《一代女皇武则天》这部电视剧于 20 世纪 80 年代在台湾上映，风靡一时。后来传到大陆，收视率更是居高不下，无数人追捧。而前面这首片头曲相信大家也都不陌生，这应该是我印象最深的一首歌。小时候，家里只有一台十四寸的小电视，能收的台很少，在武则天热播的时候，家里一天到晚都锁定那一个频道，片头片尾都不会错过。那时候家家户户都在看这个电视，不管走到哪儿，都能听到这首歌。现在听来，这首歌仍然有一股力量，比现在的劲歌热舞更能让人振奋起来。

最早知道武则天就是通过电视剧，然后在历史课本上也学到了一些，再接着到了青春期，还看过一个以武则天为主要人物的不雅片。最近接触武则天则是通过林语堂和苏童两位前辈的书，还有一些野史传纪之类的文字。

林语堂先生是站在武则天孙子的角度来讲述武则天的一生，苏童老师是站在武则天两个儿子的角度来讲述武则天的故事。可以说经过这两个前辈的讲述，武则天的形象已经非常饱满了。

但我还是写了《女王时代》这本书，而且是站在武则天本人的角度，站在那些后妃公主的角度，像之前写秦舞阳和吕布一样，以第一人称来讲，这样做并不是标新立异，也不是刻意在跟苏童和林语堂先生的作品比较。

我想以第一人称第一视角来写可能更容易丰富人物的情感，武则天有太多人写过，已经出版的关于武则天的著作已经有三十余本，关于武则天的电影电视剧更是比比皆是，如果一味地重复前人的做法，估计没有多少人会看，我写着也觉得乏味。

林语堂先生出生在民国之前，他的作品可以代表他那个时代的人眼中的历史；苏童先生出生在 20 世纪 60 年代，他的作品可以代表老一辈人眼中的历史。我作为“80 后”写《武则天》，最大的意义，我想是力求写出“80 后”眼中的唐朝女皇。

在女皇之外，我还写了与女皇生活在同一个时代的几个女人，她们的经历相互印证，可以让我们更清楚地了解那段历史。

除了追忆已逝的少年时代、重塑女皇形象这些大的意义之外，我写《女王时代》还有一层仅属于我个人的小意义——对大唐诗歌的无限憧憬。

在没有退学的时候，我最先迷恋上的是诗歌，还曾经写了两本厚厚的笔记本，在上面写满了年少轻狂的句子。我甚至想过靠诗歌行走天下。许多年前在苏州街头做流浪歌手的时候，我还随身带着一本古体竖版的《唐诗三百首》。

但是不知道在什么时候，诗歌被我丢下了，虽然心里还埋藏着诗的种子，却绝口不再提了。这一次写唐朝，我又回到了那个诗意的年代，可以说是痛快淋漓地过了一把诗歌瘾。也许有生之年无法再写一本自己的诗集，但有这本书，也就足够告慰自己了。

写《女王时代》的时候我一直在听唐朝乐队的那首《梦回唐朝》——“菊花古剑和酒，被咖啡泡入喧嚣的亭院。异族在日坛膜拜古人月亮，开元盛世令人神往。风吹不散长恨，花染不透乡愁，雪映不出山河，月圆不了古梦。沿着掌纹烙着宿命，今宵酒醒无梦。”

痛快激扬的曲调下，写的却是百转千回缠绵悱恻的故事，总有意犹未尽的感觉，我想不久的将来，我应该还会再写这段历史，只是主人公不会再是武则天，他应该是一个热血男儿，身边之物非剑即酒。

和上本历史小说《三国无双》一样，这本小说的具体格局也是在老家定下的。不知道是因为老家没有网线，可以远离网络上的纷纷扰扰，还是因为老家是我确定梦想并开始着手去做的地方，总之在老家的时候好像可以更平静一些，离最初的梦想更近一些，做决定的时候也可以更果断一些。

一旦离开老家，到外面去，好像就会变得迷茫，变得优柔寡断。不知道是外面的世界太纷扰，还是我把外面的世界想象得太美好了。

开始写这本书的时候我还不到二十四岁，写完初稿之后我就二十五岁了，我还没有准备好，时间就在这一本书一本书里飞快地消失掉了。想到十四岁的时候，读《黄金时代》，开篇就是：“我二十一的时候，在云南插队，认识了陈清扬。”

那时候觉得二十一岁是好大的年纪、好遥远的未来，那时候还想，要是二十一岁的时候，我也能去插队就好了，那时候还真是少年不知愁滋味。一晃二十一岁就成了过去，成了回忆。十四岁眼中的黄金时代和二十五岁眼中的黄金时代原来是不同的。

写完这本书的初稿之后，有人在微博上跟我说，喜欢我过去发在《萌芽》杂志上的一篇文章，喜欢了四年，还背了下来，写进了作文里。算一下四年前我刚好是二十一岁，不知道是有意的还是无意的，我的人生好像是逢七年一转折，十四岁是一个大转折，二十一岁又是一个大转折。很期待二十八岁、三十五岁时将会变成的样子。

不管怎么说，以后要有计划地过了。不然等到下次回忆往事的时候，都不知道这些年到底干了什么。年少的时候我写小说就是单纯地为了换取表扬，满足虚荣心。后来长大了需要为生计发愁了，就开始为了稿费写一些自己也不怎么满意的小说。这几年一直在纠结的一件事就是到底是单纯地为了喜好写还是单纯地为了生计写。

仔细想想，这样做抉择的话好像过于黑白分明。如果再这样犹豫不决下去，很快就老了。到那时候自己喜欢的小说没写出来，为了生计而写的也没赚到钱，想想都是件可怕的事情。

所以完成了这本书之后，我给自己定了个目标，那就是在半年之内必须写两篇小说，一篇让人愿意去背诵，一篇可以换来足够的钱。不管是精神上还是现实上，都要做到极致。

质量、数量、销量，一个都不能少。如果做不到，就封笔去工作，结束这看似清闲愉快实则纠结迷茫的自由撰稿人的生活。

这本书里的故事大都发生在洛阳，那是个离我出生地不远的地方，我曾去过三次，一次是为了买吉他和演出服装，一次是为了看牡丹，第三次便是为了武则天。

第一次事关年少往事，在此就不多叙。从第二次看牡丹开始说起吧。那一次正值四月，我欲去上海，但苦于买不到车票，于是想到附近几个大点儿的火车站看看，我家住得比较偏远，距离较近的火车站只有郑州、南阳和洛阳。

想到四月正是洛阳牡丹花开的季节，我就去了洛阳。那时候还不知道洛阳牡丹和武则天的关系，只是独自走在王城公园的时候，想到这是东周王城遗址，由东周想起了武则天那短暂的武周王朝，想到若不是她那贞观遗风，哪儿能来玄宗的开元盛世。

那一天在王城公园看了牡丹，次日就买车票去往上海了。在火车上遇到一个洛阳本地人，听说我去看了牡丹，就跟我讲了一个关于牡丹的传说。

这传说似乎是来源于明朝小说家冯梦龙，讲的是牡丹花被贬的故事。话说武则天当上皇帝之后，有一天带人到上苑饮酒赏雪。此时大雪刚下完，大地一片银白，非常壮丽。那皑皑白雪里，盛开着几朵红梅。

武则天叹了口气说："可惜只是一枝独秀，如果是百花齐放就好了。"

旁边的婢女说："如今严冬腊月，正是梅花盛开的时节，百花齐放得等到来年春天。"

武则天听完大笑，说："春天开花有什么稀奇的，只有冬天百花齐放，才能让人惊喜嘛。"

旁边的婢女看出武则天已经喝得有些醉了，就劝她回宫歇息。武则天回到宫里，仍觉得意犹未尽，就让宫女拿来文房四宝，写了一首五言诗："明朝游上苑，火速报春知。花须连夜放，莫待晓风吹。"

写完之后，武则天让宫女把诗烧给天上的花神。花神们接到这圣旨之后，议论纷纷，都说武则天做人心狠，如果抗旨，不知道会发生什么事儿呢。

只有牡丹仙子不屑一顾，她说，武则天只是人间帝王，管的是人间的事儿，如今竟然敢管我们花神，这百花开放，各有节令，哪儿能按照她一个人的意思，说变就变。

牡丹仙子虽然不拿武则天当回事，可是其他花神想到武则天连汉字都能创造，历法都能修改，是天命的皇帝，不好得罪；再者武则天虽然拿花神没办法，可是如果惹恼了她，她是有本事毁了人间所有花朵的。

为了给人间留下美景，花神们还是奉旨行事了。第二天武则天一觉醒来，醉意全消。这时候宫女突然来禀报说："陛下，上苑的花已经全开了。"

武则天听后大吃一惊，想着自己酒后写的诗还真被花神当作圣旨了。她走出宫殿，来到上苑，百花果然都开放了。但是仔细一看，她曾经最喜欢的牡丹却仍旧是光秃秃的枝桠。

武则天想百花都听从自己的圣旨了，牡丹却敢抗旨不遵，她非常生气，就下令烧了牡丹花，一株不留。没过多久，牡丹花就被烧光了，但是武则天怒气未消，下旨让人把牡丹花连根铲除，扔到洛阳郊外的荒山上，让牡丹断种绝代。

然而有牡丹仙子的照应，那些被烧毁的牡丹在本来荒凉的山上生根发芽，到了次年四月，开得倒比在上苑时还好了。周围的百姓看到那么好的牡丹花，就纷纷上山挖回家中移植。牡丹仙子看到洛阳人如此爱牡丹，非常高兴，一到谷雨时节，就让牡丹开遍了洛阳，而且千姿百态，非常好看。百姓们看到这样的景色，纷纷出门观看，于是人山人海，花山花海，洛阳牡丹从此像桂林山水一样甲天下了。

这传说确实生动，解除了不少旅途疲劳。但是我想，这毕竟只是传说，事实大概要跟传说有很大的出入。史书记载，武则天为当皇帝，杀了不少人，后来长安的宫殿闹鬼，武则天为了清净，就在洛阳修了宫殿，搬到了洛阳住。但洛阳那时候没有牡丹花，而武则天又非常喜欢牡丹花，于是就下令让人把长安的牡丹移植过来。有了武则天的推崇，群臣也对牡丹花另眼相看，纷纷在家中种植牡丹。群臣种了之后，百姓也种了起来，牡丹花由此在洛阳昌盛。

这是第二次去洛阳时的遭遇，第三次是和朋友一起，从长安到洛阳，想重游盛唐时期的两个都城。一路上看了许多古迹，忆起了许多古代帝王，武则天自然是最让我感慨的，她是这些帝王里唯一一个女人。洛阳和长安，是她成长奋斗的地方，虽然岁月变迁，已难以再目睹她昔日的英姿，但站在她曾经站过的土地上，看着她曾经仰望的那片天空，有那么一瞬间，我似乎回到了唐朝。也是从那时候开始，我打算写一本关于她的书。

武则天创造“曌”字，按照她的解释，是因为人们习惯了日出月落，而她却喜欢日月同辉。男人代表阳，女人代表阴，如果把武则天比作月亮，那上官婉儿、太平公主等人就是璀璨的星星。历史的长河里能有这么一段属于女人的时代，实在是一件值得欢庆的事儿。不过对于我来说更值得欢庆的是，这本书终于写完了。

智慧的遭遇

书中自有黄金屋，书中自有颜如玉。书是人类进步的阶梯，书还是一种很好的消遣方式。这样看来书好像是万能的，可现实是，读书的人越来越少，倒闭的书店越来越多，自由撰稿人已经到了活不下去的地步。

是书不行了么？当然不是，书存在了几千年，你觉得现在的书不行，可以读过去的，只要你想读，五千年来诞生的好书足够你读一辈子的。既然书没有改变，那必然就是读书的人发生了改变。

人们掌握了许多可以更快捷地获取知识的方式，例

如电脑电视等，而书和这些比起来，就像自行车和飞机火车比，其速度自然是比不上的。

但好在电脑和电视只是胜在了速度方面，在质量方面却远远不如图书，所以说电脑和电视的影响可以超越书，却无法彻底取代书，而且人类如果想获取更扎实的知识，只能借助于书。正是因为持这样的观点，我一直在看书、写书。

我之前写了三本长篇小说，第一本以青春小说的方式讲了一些个人经历，第二本以武侠小说的方式批判了一些社会现状，第三本以历史小说的方式解读了一些人物。这三本小说有个共同的特点，那就是供人消遣。但凡供人消遣的东西，都必须做到有趣，让人感兴趣的，人才会去读。基于这样的认识，我努力地在每本书里制造各种有趣的东西。

只可惜我忽略了一个大环境，那就是书这种东西，在这个时代，在很多人眼里已经成了无趣的东西。所以尽管你写得有趣，喜欢读愿意去读的人也不多。小说这种文学形式从诞生开始就是供人消遣的，既然是供人消遣的，当人们有了网络游戏，有了电影院，有了游乐场等消遣的场所，为什么还要读书呢？

在古代，书是获取知识的首选，也是消遣的首选。在现代，人们可以选择的太多了，因此，书就落到了今天这种尴尬的地步。

而比书的遭遇更尴尬的，就是历史上那些曾经红极一时的智者。时代并非不需要他们的智慧了，只是漫长的时光把他们掩埋在了历史深处，越来越懒散的人们已经习惯了在周围捡现成的速成的智慧去学。我接下来要说的明朝首富沈万三，就是这即将被遗忘的智者之一。

《金瓶梅》里面潘金莲说:“南京的沈万三，北京的枯树湾；人的名儿，树的影儿。”到现在江浙一带还是有许多人把沈万三当作富豪的代名词，可见他在世时的影响力有多么的大。可是一转眼，他已经去世六百多年了。

六百年后的今天，世界大富豪的位置多被能源人亨和通信人亨们占据，靠买进卖出赚取差价这种方法做生意已经很难跻身世界顶级富豪的行列。不过沈万三的精神依旧值得我们学习，而他那些做生意的方法，对想做亚洲首富、国内首富的现代人来说，还是不无帮助的。他曾经生活过的周庄，如今也已经成为日纳万金的旅游观光景点。

郑和也去世五百多年了，沈万三死在岛上，郑和死后被葬于明朝的皇陵，虽然遭遇不同，后人对他们的肯定却是相同的。在他们死后的数百年里，各地也纷纷修寺庙纪念他们。沈万三留下了万三蹄等食物，郑和也留下了三宝姜和三宝茶，他们为明朝初年的繁盛做了不可估量的贡献，也给后世留下了宝贵的文化遗产。如果不是后来的清帝王闭关锁国的话，那么从明朝开始，我们中国都会一直处于世界第一强国的位置，不会有后来的鸦片战争，更不会有日本的侵略。

话说回来，“南京的沈万三，北京的枯树湾；人的名儿，树的影儿”这句话在明朝的流行程度不亚于当下的那句“不要迷恋哥，哥只是一个传说”。然而，“神马都是浮云”，在明朝红极一时，作为天下首富家喻户晓的沈万三，到了近代，竟鲜为人知了。

首先，连他的名字都搞不清楚。余秋雨说他叫沈万山，《明史》说他叫沈万三，我们是该相信当代大师，还是古代的史官？读完这本书之后你可能就会发现，信谁也不如信自己，正史也有忽悠人的时候，大师也会相信传说。

关于他财富的来源，也是众说纷纭。流传最广的是关于聚宝盆的传说，说沈万三贫时，见一农夫携蛙百余，他便好心买来放生。哪知到了第二天，众蛙聚在一瓦盆附近不散。沈万三于是将瓦盆带回家，用来洗手。有一次他妻子洗手时不慎将一支银钗掉进盆中，不料银钗一变二、二变四，不一会儿就变出满满一盆，不计其数，沈万三于是富甲天下。

还有人说是因为元代吴江一带有一个名叫陆德源的大富翁，沈万三为他管账治财。后来陆德源看破红尘出家了，将万贯家财拱手送给沈万三，沈万三由此一跃成为“江南巨富”。

不过更接近现实、更容易让人接受的是，沈万三是靠捡雨花石、卖儿童玩具勤劳致富的。虽然有陆先生的资助，但其富甲天下靠的却是海上贸易和开遍全国的连锁店。

沈万三在历史上最有名的壮举是修筑南京城，修完南京城之后又替皇帝犒军，一个士兵一两银子，犒赏了朱元璋的百万雄师之后，沈万三竟像逛街遇到乞丐随便丢五毛钱一样不当回事。然而他不当回事，朱元璋却心里不平衡了，他担心沈万三富可敌国，同时又想吞了沈万三的财产，于是找了个莫须有的罪名，就把沈万三发配到云南去了。

然而这段来源于《明史》的记载，却被许多人当作笑话。因为在沈万三的儿女亲家莫旦撰的《吴江志》里清楚地写道："张士诚据吴时万三已逝世，二子茂、旺秘从海道运米至燕京。"

张士诚占据东吴的时间是元朝末年，那时候离朱元璋建立明朝还有十多年年头，沈万三不可能从坟墓里爬出来去给朱元璋修城墙。而且在沈荣（沈万三的儿子）的墓志铭上，写着他逝世于明朝洪武九年（1376 年）八月，享年七十一岁。由此推算，朱元璋建立明朝（1368 年）的时候，沈荣已经六十三岁了。就算这时候沈万三还活着，作为沈荣的老爹，起码也得八十多岁了。

朱元璋解放云南是在建立明朝十多年后了，这时候沈万三已经是一百多岁的人了，可以说是一推就倒，一倒就爬不起了，就算得罪了朱元璋，也没有必要将他远远地流放到云南了。

如果我们相信莫旦的记载，相信墓志铭上的数据的话，那沈万三生是元朝的人，死是元朝的死人，根本不可能帮朱元璋修城墙犒赏军队，甚至压根就不认识朱元璋。

不过我们也不能就此下定论，因为《明史》上还记载了另外一个传奇人物张三丰，这人在宋朝的时候创建了武当派，一直活到元朝灭亡了还在行侠仗义，朱元璋和朱棣都跟他打过交道。如果张三丰历经宋元明三朝是真的，那沈万三只不过是从元末活到了明初，八成也是真的。

历史就是这样真假难辨，但你若带着轻松的心态去看待，这又是一件好玩的事儿。为什么千百年来，人们更愿意相信那些看上去很美的传说，而不愿意去触碰真相呢？

莫说古人如此，就是在民国时期，当局政府还去南京城墙下挖过聚宝盆，但挖出了一个可以装一个连队的大洞却也没挖到聚宝盆。在解放初年，沈井村的魏某在平整土地时，一镢揭开一眼神秘的井。井深十二米，直径一米五，水位二米一，石砌结构完整，表层风化变黄。经过调查研究，专家发现这眼古井就是当年沈万三用过的水井。

啰嗦了这么多，其实只是想说一句话，那就是正史可能是假的，传说可能是真的。我等凡夫俗子，没有火眼金睛，辨不出真假，但是我们可以看到智慧，看到趣味。

在《黄金帝国》这本书里，我力图讲尽沈万三的一生，从出身贫寒，到少小离家，从大难不死贵人相助，到飞黄腾达富可敌国。别的故事讲到主人公通过不懈努力终于成功也就完了，可是对沈万三来说，这才是故事的开始，也是悲剧的开始。

因为朱元璋觉得财富是原罪，导致明朝所有的富人都要遭殃，排在首位的沈万三自然不能幸免，之后去云南到贵州再到漂流海上，张三丰、郑和、建文帝都和沈万三的命运密不可分。但人必有一死，沈万三还是死了。不过那句话怎么说来着——“有的人活着，他已经死了；有的人死了，他还活着。”沈万三就属于后者，他死了，他的精神还在，受他精神影响的不仅有他的弟弟沈万四，以及他们沈家的放牛娃胡雪岩，还有我这个作者和广大的读者。

从 2011 年 4 月开始，我的生活就和沈万三密不可分了，导致我那时候的女朋友甚至开玩笑说我对沈万三比对她都亲，每天都在研究他讨论他。不过无论如何，这本书最终还是写完了。

这是我的第六本篇幅相对较长的书。从我漫长的写作道路来看，这将是一个转折点，我要从一个青春文学作者彻底蜕变成一个历史作者了。

没有什么比历史更有趣了，所以说这改变对于我来说是一件值得庆幸的事儿。我终于找到了以后要走的路，并且已经迈出了第一步。

从秦舞阳到吕布，再到沈万三。随着年龄的增长，我的言行和写作内容都在从玩世不恭变得一本正经。用一本正经也许有些不妥，应该说是成熟沉稳，或者说是从不靠谱变得渐渐靠谱了。

在元史、明史和一些杂记演义中，沈万三有时是个机警有趣的人，有时又是一个满身铜臭的人，有时贪生怕死，有时重利轻义。有时候在同一本书里，他的价值观和做事方法都是颠三倒四的，像一个精神病人，作者叙述的逻辑也常常是混乱的。

所以这本书的诞生除了我个人的兴趣所在，更重要的意义是还原历史人物的全貌，帮助人更了解那个时代，了解沈万三这个已远去千年的人物。他能够在那个时代呼风唤雨，必然有太多的过人之处，他的魅力应该不仅仅在经商上，看他的故事的时候，我总会忍不住想起两本外国小说，一本叫《教父》，另外一本叫《百年孤独》。沈万三的做事手法很像中国版教父，而他的性格又像《百年孤独》里的奥雷里亚诺上校。

古往今来，做成事儿的都是性格鲜明独特的人，这样的人很容易被关注被效仿被膜拜，这样的人一出来就会得到很多人的帮助。这样的人有些是天生的，有些是后天努力变成的。沈万三属于后者。

其实做这样的人并不难，只要坚持原则，不因外部的一切搅扰而改变自我就行了。然而太多的人做不到这一点，每一个出生时有棱有角的人，经过几年世俗的打磨之后，都会变得圆滑，适应这个社会而失去自我。这是一件可悲的事儿，而关于沈万三这本书，希望可以在你的理想和现实发生巨大冲突的时候给你力量，在你被现实折腾得迷茫的时候帮你辨清方向。

写完这本书之后，我去剪头发，无意间看到理发店里供奉的财神像和聚宝盆，那财神不知道是不是沈万三，那聚宝盆却必然是沈万三留下的东西。如果沈万三能看到这一幕，一定会含笑九泉吧。

太多的人一生劳碌，死后烟消云散，只言片语都难以留下。像沈万三这样可以留下一个物件让人供奉到今天，留下数十种传说让人津津乐道的人，实在太少了。我想我应该感谢他，没有他精彩的一生，这本书便无从写起。

这是我第一次用第三人称描写历史上的人物，看过《秦乱》和《三国无双》的读者应该知道，我习惯也喜欢用第一人称，将自己代入到人物中，投入很多感情，同时也容易把握人物的心理。而对于沈万三这个人物我没有这样做，毫无疑问我是喜欢这个人物的，同时也希望做这样的人，可是很明显我是做不到的。我可以成为秦舞阳，成为吕布，却无法成为沈万三。

你可以描写他，讴歌他，或者批评他，却无法成为他，他不是一个片面的人物，不像秦舞阳那样外表刚强内心柔弱，也不像吕布那样一生只追求天下无双。

沈万三是一个矛盾的人，他的成功前半部分都是身不由己的，世道所迫。如果生活在现代，或许他就是一个平凡的商人，而在那个时代，作为一个有能力的人，他需要担负的东西太多太多。有时候看他的故事，我还会想起一个人物，那就是梁山好汉宋江。

宋江不是没有能力推翻宋朝的统治，只是他志向不在做皇帝，如果不是形势所迫，他一生也就是一个小吏。沈万三也一样，他也有能力做一方帝王，只是他更愿意做一个大富豪。他只是喜欢掌握钱财，并不喜欢权力，或者可以说，他只是不够狠。

朱元璋可以过河拆桥卸磨杀驴，将功臣良将全部诛杀，朱棣可以杀死自己的兄弟，可以夺取侄子的皇位。而沈万三呢，即便是对于欺骗过他伤害过他的人，他都下不了杀心。他软弱的一面倒是有些像朱允炆，即便做了皇帝，也要被迫把皇位让给更狠的人。

这样客观地看沈万三或许有些残忍，或者他悲天悯人的背后藏着像张三丰一样的大智慧，毕竟帝王有时候比平民更苦，财富帝王也是一样。一无所有的人是最轻松的，因为他不怕失去，他没有什么可以失去；而帝王，因为拥有的东西太多太多，避免不了被人算计，人心险恶，有时候连自己最亲近的人都不能相信，所以帝王才会自称“寡人”。沈万三不想做一个权力的寡人，却也做了财富的寡人。谁会对其真心呢？如果他一无所有，那些追随他的人还会忠心耿耿吗？

可是即便如此，谁又不想当帝王呢？掌握别人的命运总比被别人掌握命运强。人心总是无法满足的，总是会觉得彼岸更美好，就像我多年以前也曾觉得流浪歌手的生活是多么的潇洒，真的去试了才知道世态炎凉，听了歌会给钱的不多，不被赶已是万幸；就像多年以前我也曾觉得自由撰稿人的生活是多么的快意，现在真的做了才知道靠稿费生活是多么的困难，拖稿费的公司多如牛毛，守信用的公司比大熊猫还要珍稀。扯远了，总之人生在世，身不由己，但若向命运低头，免不了白活一场，还不如拼搏一场，看自己到底有多少潜力。

写到这里的时候，芒果台正在播放快乐女生四进三的比赛。我对这样的选秀节目没有多少好感，却也不讨厌看着一群人一举成名天下知。在靠上学已经无法夺取功名的今天，选秀无疑是一条给人以希望的路。如果当年不是因为元朝科举黑暗，时不时地废除科举制度的话，沈万三恐怕不会走上自主创业的道路，恐怕会坐在学堂里为功名拼搏一生吧。如果沈万三生活在现代，在求学无门的时候，恐怕也会选择选秀吧。只是单纯歌舞的选秀未免太过于单调，这个时代还是应该多一些方面的选秀，毕竟有才艺的人太多太多，平台却太少太少了。

写作平台也是如此，前几天有个读大二的朋友问我，靠写作能否维持生活？我一时不知道该怎么回答。按道理来说，写作也是一项工作，工作就该有收入，是可以维持生活的，可是这个道理在国内暂时是没地方讲的。首先存在一个写得好坏的问题，写得不好发表不了就等于没写。而即便你写得好，也得找靠谱的发表平台发表才能拿到稿费，而这样的平台太少了，竞争非常激烈。而且就算你找到了这样的平台也不一定稳妥，因为写作不是包饺子，不能批量生产，遇到“瓶颈”卡壳的时候，就什么也做不了。

所以就国内的现状而言，还是先找一份传统的工作，拿工资维持生活，偶尔写点稿子，当作爱好，也许还能长久一些。除非哪天靠写稿得来的稿费比工资还要多很多了，就可以考虑做一个自由撰稿人了。

其实我的理想也不是做一个自由撰稿人，虽然有很多人羡慕我的自由和洒脱，可是其中的艰苦只有我自己知道。我的理想是像沈万三或者郑和那样，去很多很多的地方，经历不同的风景、不同的事，让每一天都有新鲜感，而不是机械地重复地生活。

以前别人问我最大的愿望是什么，我说是云游世界。等写完这本书之后，我的愿望已经变成把沈万三或者郑和曾经走过的路再走一遍，虽然没有世界那么大，但也足够用一生去经历了。希望你读完这本书后，也会有这样的愿望。

动物园里的爱情

最近最热的新闻，莫过于一对情侣在野生动物园吵架，女方负气下车，被老虎咬伤的消息了。我会关注这条新闻，是因为我去过那个动物园。我至今还健在，没有被老虎咬，主要是因为我是单身的时候去的。

那个野生动物园，不仅仅有老虎，还有狼，因为是野生动物园，人只能在车里，人要是下了车，那就是行走的老北京鸡肉卷了。

其实我不怎么喜欢动物园。昨天看电影《哆啦 A 梦》，最后来自未来的人要把大雄的宠物送到动物园的时候说：“可能它们最好的归宿就是动物园了。”

我当时想笑，就像听到了，人类最好的归宿就是监狱一样。诚然，动物园是安全的，就像监狱也是安全的一样。可谁来到这个世界上，是为了安全来的呢?

即便动物没有人类那么复杂的思想，它们肯定也不愿意失去自由，相比安全，它们应该更渴望乐趣吧。动物园里能有什么乐趣，仅仅是比马戏团好些罢了。

热度仅次于动物园吵架被老虎咬伤的，是一条发生在日本的新闻，某个人持刀捅了数十名残疾人，多人直接毙命。看到这条新闻的时候，我脑海里把这个持刀的人和伤人的老虎画上了等号。

人类在控制不住自己的情绪的时候，比动物园的老虎更可怕。动物园的老虎大都只是在感觉受到了威胁和挑衅的时候，才会攻击人；而人呢，有时候莫名其妙地就会去攻击自己的同类。

我就是因为害怕这种无法控制情绪的人，有很长一段时间都没谈恋爱，因为易怒的人真的太可怕了。在保持那段漫长的空窗期之前，我谈过一个女朋友，对方是一言不合就摔手机，摔包。还好是摔地上，不是摔我脸上。

但我真的很害怕有天会摔我脸上，所以果断选择了分手。分手前，我们去过一次动物园，动物园里有个猴山，上面爬满了猴子。

那些猴子一天到晚都在打闹，然后她就对我说：“你看，猴子天天打架，彼此都不记仇。我们偶尔吵吵很正常，为什么你要这么介意呢？”

我说猴子是因为在动物园太无聊，如果动物园没有栅栏，肯定会有一些猴子会因为讨厌打闹而离开；更何况，我是人，不是猴子，我觉得任何问题都可以用更文明的方式解决，打闹争吵，都太返祖了。

但是猴子究竟会不会因为打闹而远离同类呢？我不知道，因为我不敢把动物园的栅栏放开。但是我倒是可以放逐自己。

曾经有一段时间，我离开了我所在的圈子，离开了过去的朋友，不发微博不发朋友圈不接电话不上 QQ 不回复任何消息。

然后过了一段时间，我发现一切照常转动，大家应该是就当我已经死了。或者说，一个拒绝融入社会的人，在社会眼里，就是死人。

因为死亡就是跟大家摆脱关系。反过来，只要跟所有人都摆脱了关系，那对于别人来说就是死亡，不管你自己是否认为自己活着，你都已经死了。

我曾经享受过死亡的清静，最后发现，我还是无法彻底摆脱众人，众人的叨扰确实让我烦恼，但也正是众人的叨扰，才间接地证明了我的存在。

无人叨扰的人，就是不存在的人。爱情也是如此。我行走在动物园的时候，非常强烈地感觉到，我需要一个人，我需要通过强烈地爱她，来证明我强烈的存在。

这样，如果有一天我消失了，从她的角度，才能感觉到，我曾经切切实实地存在过，而我带给她的那种感觉，是任何人都无法取代，也是她有生之年都无法忘怀的。

庆幸的是，这个人我已经找到了。而且我发誓，有生之年，我一定不带她去野生动物园。毕竟，任何有可能发生危险的地方，都百分之一百是危险的。

异类

可能，人都怕成为异类吧。

那种被众人排挤、嘲笑的滋味，让人觉得，活着是一种负担。可是有的人，天生就是异类吧，与这个世界格格不入，在死亡之前，只能磕得头破血流。

我都想不起来，我是从什么时候开始对未来没有期待了，谈恋爱，不过是看着一段感情发芽、绽放、枯萎；写小说，不过是看着一个故事被讲述、被传播、被遗忘；在路上，不过是历经一个又一个山川、一个又一个客栈，从陌生，到嫌弃，到厌倦。

我常想，等我找到更好的生活方式了，我就不这样活了。可渐渐地，我觉得，这世上似乎没有更好的生活方式，渐渐开始觉得，一个人的孤单，胜过两个人的纠缠。

直到有一天，我遇见了一个女孩，参与了她的成长，我才发现，人生不是一条直线，人生的结局如何，完全掌握在自己手里。

有因必有果，有果必有因。你做了好的事情做了努力，一定会有回报；你做了坏事，早晚也会有报应，只是早晚而已。

同样，你失望、悲观，那么让你失望悲观的事情就会一直尾随你，不离不弃；你开心、乐观，那么就能看到让人惊喜的存在。

每个人的青春期都是一段危险的历程，遭遇各种诱惑、磨难、压迫等，稍有不慎，就会跌入深渊。在本该无所畏惧潇洒自在的年纪，却只能小心翼翼。

我会无所谓，是因为年少的时候经历了太多失望；会再次燃起信心，也是因为重新爱上了一个人。失望是必然的，重新燃起希望是偶然的。这种必然，就是我年少的时候不够小心翼翼的结果。

一颗心轻易交付给一个还不够了解的人，只能是被摔得稀烂，对方能珍惜几个月、一年，已经很不错，渴望一生一世，就是奢求。

在还不了解对方，不了解自己的时候，能够做的，应该做的，只有提升自己，让自己的思想、行为都到达一定的高度，然后适合你的自然会围绕过来，不适合你的自然会从你的生命里走出去。

我们在最不愿意等待的年纪里，最需要慢慢等待，等待时间帮我们剔除一切的不合适，等待时间把我们打磨得更通透。

这个世界太大、人太多，我们不能奢望自己就是那个幸运的人。我们必须做好不幸降临的时候，我们不会被击溃。

我也不是从小就悲观的，但悲观的人总是对这个世界看得更透彻，所以我渐渐开始享受这种悲观，它带给我智慧和豁达。

而乐观，常常是伴随着盲目的。盲目可以一时，悲观需要一世。很多人会去寻找信仰，就是因为悲观过度，灵魂无处依托。我的悲观，恰到好处，能够及时地阻止我变得盲目。

我开心的时候，最喜欢看自己的朋友圈，里面很多的大神，有拿过很多奖的导演在晒新片阵容，有上过无数封面的模特在晒刚瘦下来的身材，有拜金的富二代在晒赌博赢来的钱堆，也有一些海归回来卖掉自己的四合院，准备找个风景秀美的地方提前安度余生。

相比之下，我的人生就单调多了，只有写书、出书和偶尔地旅行。想到这些，开心就会消退一半，觉得自己还需要更努力，才能过得精彩一些。

类似地，我不开心的时候，就会看读者群，看她们分享新书的读后感，看她们说会一直陪伴我。看着看着，不开心就消退了，因为觉得自己的存在还是有价值的。

这种不开心和开心之间的调节，让我渐渐变得正常，变得无害，变得让所有人，都看不出我是一个异类。

小说卷

年少荒唐

年少荒唐

我有六年没有写过武侠小说了，作为曾经的轻武侠小说掌门人，我已经彻底沦落成情感小说作家了。曾经热闹一时、我亲手创建的拥有数百人的“天门”，如今也散了。

最近难得热恋，又遇上旧作《剑客没有剑》新版被热捧，于是再次有了写武侠小说的心境，然后就写了这么一个带刀少年的故事。因为久不拔刀，若有生涩之感，还望见谅。

00

龙水镜母，洞量四海。

遁迹潜身，代管天下。

01

傍晚，蓟城，状元阁。

作为北方第一重镇，蓟城的街道上永远是车如流水马如龙。而作为蓟城第一酒肆的状元阁中，此刻更是人声鼎沸、觥筹交错。

然而就在这繁华街道的拐角处，一群与这繁华格格不入、满头乱发衣不蔽体的乞丐正一个个盘膝而坐，敲碗而歌。

歌声云："红尘多可笑，痴情最无聊，做个乞丐也挺好。此生未了，心却已无所扰，只想换得一生吃饱。"

歌毕，众乞丐又齐声喊道："天越高，心越小，加入丐帮吃得饱。超唐门，越少林，丐帮只收年轻人。"

可惜任凭这帮乞丐怎么吆喝，却没有一人驻足，蓟城人大概早已见惯了这种场面，一年到头总有那么几个月，武林各大门派都会来蓟城招人，上个月是唐门，再上个月是少林，这个月刚好轮到丐帮。唐门和少林招人的时候还会教人辨别毒药，耍一下刀枪棍棒，救治一下老弱妇孺。而丐帮呢，只会坐在街边穷吆喝，有人感兴趣才怪了。

说话间，一个身背宽刀的年轻人走进了蓟城，他抬头看了看写着"蓟城"两个大字的高耸入云的牌楼，嘴角露出了一抹微笑，那神情仿佛是在说："我勒个去，总算找到了，真是武功再高也怕路痴。"

大约是被乞丐的口号声吸引，少年不知不觉就走到了状元阁楼下，他驻足听了会儿状元阁内楼上楼下几个武林中人的对话。

其中一个身穿蓝袍的年轻道人低声说道："丐帮今天是最后一

天招人，丐帮一走，移花宫必来，到时候你们取长命水，我只要姬染。”

“想不到天戈师弟如此多情，离开了武当还不忘姬染师妹。”蓝袍道人旁边的独眼人一边嘲笑年轻道人，一边自斟自饮。

“事关我剑门一百六十七口人命，不找到姬染问个明白，我这剑就白练了。”年轻道人叹了口气，给众人各斟了一杯。

“可是姬染背叛武当投入移花宫门下已经多年，找到她怕是也难如了你的愿。你没听说前阵子唐门七剑就是死于移花宫的夺魂水，她已经不是当初天真无邪的姬染师妹了。”年轻人对面一直沉默不语的蒙面妇人突然恨声道。

“所以我才找大家来助我一臂之力，如果她还是当年的姬染，我一人去找她便是了。请大家来，就是想大家帮我扫清障碍。”年轻人举起酒杯先干了。

“你确定移花宫这次会带长命水来？”蒙面妇人说到长命水的时候眼神明显一变。

“姬染现在贵为移花宫领事，长命水和天玄镜都是由她保管的，只要找到姬染，就一定能取到长命水……”年轻人还想说什么，目光却突然被从半空飞入状元阁二楼的一位断臂的年轻人吸引了。

“夺命杀手独孤暮？他来蓟城做什么？”楼上已经有人认出了来人。

“刚取了白鹿书院和少林武僧足足三百六十人的性命，居然还敢在蓟城公开露面，不怕空空和尚来寻仇吗？”楼上的人已经议论开了。

“敢露面就说明他不怕空空和尚，如今天下能让独孤暮害怕的，大概就只有步逍遥了。”

“快别提了，那个路痴，崆峒七子跟他约在华山决斗，他花了两天一夜，竟跑到了天山……”

状元阁外身背宽刀的少年听到这里突然脸色一红，原本已经迈向状元阁大门的脚又收了回来，似乎是怕被人认出来，收脚的同时他把背上的宽刀也收了起来，走了两步之后他又摇了摇头，从怀里掏出了一个猫脸面具戴上，感觉彻底没人能认出自己了，才在街边拐角的阴凉处坐下，正挨着那帮死命吆喝的乞丐。

02

眼看夜幕将至，乞丐们三三两两起身离开，戴猫脸面具的少年也睁开了双眼，正要起身离去之时，他身边的乞丐也跟着站了起来并拦在了他的身前：“年轻人，你回去好好考虑考虑，丐帮真的很适合你发展，以你的资质，要不了多久就能混成一方管事，到时候在庙里等着收贡就行了，好过你在街边风吹日晒千百倍。”

“呵，你拉我入伙，能拿多少好处？用得着在我耳边聒噪半天？”少年冷笑一声，话音未落，人已在十丈之外。

“我这是为你好，你别误了自己的前程。”乞丐望着少年远去的方向，眼神中充满了期待。

“我说谢老九，你就别白费口舌了，这家伙一看就不是你我能招揽的角色。”乞丐中一人看着远去的带刀少年叹气道。

“唉，眼看已经是招生的最后一天了，我这次的任务，怕是完不成喽。”被唤作谢老九的乞丐摇着头弯腰捡起了自己的破碗和拐杖。

“我的任务也没完成，要不然咱们去诱拐几个少儿？”街边几个买糖葫芦的小儿落入了一个跛脚乞丐的眼中。

“不怕生孩子没屁眼？做这等伤天害理的事情，被堂主知道了，我们整个招生办都要跟着倒霉。”谢老九还算有点骨气，听到跛脚乞丐说要诱拐少儿，立刻变了脸，一番呵斥之后，便领着身边的几个乞丐三步并作两步进了状元阁。

作为天下第一大帮，虽然大部分弟子都是靠乞讨为生，可谢老九等人毕竟是奉命出来招生的，一年就这一次，工作虽然艰苦了点，吃喝住宿却是大大风光于往日。

天仍有光，状元阁内却已经挂起了灯笼，谢老九等人的房间，正好左边挨着夺命剑客独孤暮，右边挨着年轻道士沈天戈等人。

吃罢晚饭，谢老九想再去街上看看，习武的好材料是难收到了，能说动几个流浪汉凑数也好。离开时他特意左右看了看，独孤暮的房间里没有点灯，不是外出了就是早已睡下；沈天戈的房间里不时传出一阵子欢声笑语，聊的都是些江湖奇闻八卦。

谢老九虽然没见过几个大人物，对奇闻八卦却知道得不少，所以听到了他也没兴趣，直冲冲下了楼，沿着长街就往破庙里走，那是流浪汉晚上常去的遮风挡雨的地方。

03

戴猫脸面具的少年离开繁华街道后就施展了轻功，一路疾驰，直到城郊的大榕树下才停住脚步，大榕树生得遮天蔽日郁郁葱葱，少年纵身一跃，在一处宽阔的树干上躺了下来。

也不是没有银两住酒楼，而是在树上睡惯了，睡宽阔柔软的床反而会觉得不舒服。少年取出宽刀枕在头下，不一会儿就进入了梦乡。

梦中的少年一身店小二打扮，在一个看上去比状元阁还要豪华的酒楼里跑上跑下忙碌着。突然，有个醉酒的客人朝少年冲了过来，少年下意识地一躲，醉酒的客人竟冲破了护栏从楼上摔了下去，死了。

这一幕刚好被醉酒客人的朋友看到，他一口咬定是少年推醉酒的客人下楼的，说少年和醉酒客人发生了争执厮打，这样一闹，孤苦无依的少年就成了杀人犯，官府直接来人把少年丢进了死囚牢。

肮脏潮湿的死囚牢里，一个满脸胡子的老人问少年想不想出去，少年说想，于是两人轮流负责站岗放哨和在稻草下面挖洞。

洞挖开了，许久不见天日的老人施展轻功一口气飞到了半空中，抓了只鸟儿下来。少年看到老人这绝技，艳羡不已。老人问少年想不想学武，少年猛点头。

两人在森林之中搭建了一所木屋，每日以打猎为生，打猎之余，老人就教少年呼吸吐纳和一些基本的拳法武术。

星转斗移，少年渐渐也能闪转腾挪飞天入地了，老人却渐渐病危。临死前老人带少年去城中一处被官府抄没的旧宅里挖出了一本武功秘籍。回森林的路上，他们看到了城墙上贴的满满的悬赏捉拿他们俩的告示。

老人嘱托少年，武功练好了再出去。少年埋葬了病死的老人，一个人在森林里刻苦习武。直到有一天，一个神秘人来到森林里，给了少年一袋金子，请他去杀某个人。少年看到神秘人让他去杀的，正是当年冤枉他害他入狱的醉酒客人的朋友，就毫不犹豫地答应了。

杀了第一个人之后，少年便过上了劫富济贫的生活，杀人所得来的报酬，都被他散给了穷人。因为常常戴着面具，他也不担心被人认出越狱犯的身份。一年之中除了寒冬酷暑他还是待在森林里之外，剩下的时间他都是和乞丐们一样在街边坐着，乞丐们是在等待施舍，他是在等待雇主。

有一天，少年在街头看到了一个美艳的少女，少女脖子上戴着少年当年亲手用核桃做的口哨。少年联想到童年时的一些遭遇，那时候父母还健在，他和一个叫宋小柔的姑娘整日在一起玩耍，可谓青梅竹马。后来宋小柔被一群衣着古怪的女人掳走，再后来少年的父母也相继亡故。本以为再也见不到的人，竟然在街头重逢了，少年忍不住叫了一声小柔。

美艳少女听到熟悉的声音，停下脚步四处张望，看到了戴猫脸面具的少年。久别重逢，两个人都变了很多。宋小柔身带唐门的标识，颈戴白玉项链，分明是新婚不久的样子。

不等猫脸少年询问，宋小柔就说出了自己新婚不久就出来行走江湖的原因。那是七天前的一个夜晚，宋小柔成亲的夜晚，她已经贵为唐门最大分会飞刀会的会长，唐门上上下下数千名成员都参加了婚礼，就在大家喝得烂醉的时候，一阵甜腻的风吹过，唐门七剑在顷刻间就丢了性命。

能有这样高超的手段，并且敢在唐门高手齐聚的时候下手的人，宋小柔思来想去也只有移花宫了，她这次行走江湖就是为了调查唐门七剑的死因。

猫脸少年对唐门七剑的死因毫无兴趣，他想知道宋小柔嫁给了一个什么样的人，当年被那样一群人强行掳走，猫脸少年不相信他们是带小柔去过幸福的生活了。

提到丈夫，宋小柔的脸色一变，只说了六个字："未名堂，薛无衣。"

关于薛无衣，猫脸少年是听到过一些传闻的，传说唐门暗器最厉害的就是未名堂，而未名堂最厉害的就是薛无衣。传说他曾经一人单挑天山派三十六名高手，不但全身而退，还把天山派的镇山宝剑夺了去。

想到薛无衣，猫脸少年突然像是明白了点什么，唐门七剑死在号称"暗器之王"的薛无衣的婚礼上，还查不出死因，薛无衣又派自己的老婆出来调查，这看上去像一场暗杀，却更像是一场内斗。但猫脸少年并没有说出自己的想法，因为宋小柔已经要走了。

"所有跟我亲近的男人，都会死于薛无衣之手，所以以后我不找你，你不要来找我，跟了薛无衣之后，我便改名西冷颜，以后也请你叫我西冷颜，这对你我都好。你若想帮我，就去蓟城，只要找到移花宫的姬染，唐门的命案就能有个了解。事成之后，我会付你报酬，你不要拒绝，我会对薛无衣说，你是我请来的杀手。”说完这段话，宋小柔就匆匆地离开了。

留下猫脸少年一个人，怔怔地站在街头，许多事看来真是命中注定的，个人的力量无法改变所有人的命运，武功再高，也阻止不了青梅竹马嫁人。但宋小柔的这个忙，他还是要帮。

突然一阵清甜的女人香味传来，猫脸少年顿时就从梦中醒来，多年的杀手生活让他像猎豹一样警觉，他能感觉到，不远处的树枝上，此刻正坐着一个女人，一个陌生的女人，一个带面具的陌生女人。

“来者何人？搅我清梦。”猫脸少年语气冰冷。

“这树是你栽的吗？若不是，我为何不能来？”女人一出声，就让人骨头一酥。此等尤物即使带着面具，也让人怦然心动。

只见树枝一动，猫脸少年已经飞身至女人栖身的树枝上方，居高临下地看着女人。女人的面具是金丝制成，看得出来女人很有钱，这么有钱的女人，却也要跟猫脸少年一样住在树上，怎么看也不会这么巧合。

“摘下面具，或许我会饶你一命。”猫脸少年的语气更加冰冷。但幸好不是冬天，这冰冷的语气非但不让人恐惧，反而让人有一种吃了在深井中泡过的西瓜的刺激感。

“闻名天下的步逍遥，原来是个喜欢滥杀无辜的家伙。”女人说话间，已经摘下了面具。

被唤作步逍遥的猫脸少年顿时就呆住了，天下竟然有如此要命的女人。原先戴着面具，那身材举止和声音、那身上若有若无的香味，就已经让人热血沸腾；如今摘下面具，那柔软白嫩的脸庞、那

如深潭般神秘莫测的眼睛，简直让人窒息。

“怎么，看到是美女，就不忍心下手了？”女人说完一笑，这一笑更让人受不了。

但只是一瞬间，步逍遥就冷静了下来，他仔细端详女人的脸，有一种似曾相识的感觉。他努力在脑海里搜寻，终于停留在了多年以前，那是老人临死前带他去被官府抄没的旧宅挖武功秘籍的时候，在那个装着武功秘籍的神秘盒子里，还有一幅画。当时老人只是把画打开看了一眼，叹了口气就又放回了盒子里。他们并没有带走那幅画，但那幅画上的人却深深地刻在了步逍遥的脑海里，画上有一个在月光之下饮酒的女人，那模样，像极了眼前人。

当时步逍遥还问过他的师父，为什么不带走画儿。

师父沉吟了一会儿，问步逍遥，习武的最高境界是什么？

步逍遥说是人刀合一，这是妇孺皆知的事情，练成了人刀合一，不但天下无敌，据说还能长生不死。但这种境界，古往今来，也没

几个人达到，虽然习武之后，步逍遥也在追求这种境界。

师父说习武的最高境界，不是人刀合一，而是不动心。人刀合一固然可以人拦杀人，佛挡杀佛，但并不算是天下无敌。多少号称天下无敌的大侠，最后都败在了心爱的女人手里。所以习武之人，只有做到了不动心，才能天下无敌。

师父当时还说，以后见到了像画上这样漂亮的女人，一定不能动心，不然一生便会浪费在温柔乡里，再难有别的建树。

步逍遥当时满口应允，但此时此刻一个如画中人一般的绝色美女坐在他面前，他才发现，要做到不动心，比练成人刀合一难多了。

04

步逍遥在月下树上艳遇美女之时，状元阁内已经乱作一团。一身粗布僧袍的空空和尚刚到状元阁落脚，正遇上独孤暮外出归来，虽说都是名震一方的人物，但毕竟血海深仇摆在面前，让两个人冷静下来是万万不可能的。

只见空空和尚横拿禅杖指着独孤暮的颈处问了一句：“你为何伤我少林一十七条人命？”

独孤暮毫不动摇冷冷一笑反问道：“眼看移花宫人带走我妹妹而不伸手援助，这样的少林弟子活着有何用处，我送他们去见佛祖，你应该感谢我才是。”

空空和尚深知和恶人多言毫无益处，他追捕独孤暮已经不是一时半晌了，独孤暮公开在这里露面，显然是想在移花宫人到来之前先了结了跟他的恩怨。一念至此，空空和尚的禅杖就挥了出去。

也许是不想破坏状元阁这栋华丽的楼宇，独孤暮在一瞬间退了二十步，然后一跃而起，眼看就要消失在夜色里。空空和尚连忙追赶，两个人在半空中打打停停，不觉竟到了步逍遥歇身的榕树下。

步逍遥还想逼问，美女却不慌不忙地从怀中拿出了一幅画，一见画，步逍遥就傻了。那竟是一幅和他师傅当年从旧宅中挖出的画一模一样的画，唯一的区别是这幅画有画师的落款，而这画师的名讳正是步逍遥的师父——胡风。

“我是你师父的女儿，按辈分，我该叫你一声逍遥哥哥。”美女说着，收起了画卷。

“画中人是？”

“我娘。”

“我该怎么称呼你？”

“叫我裴儿就好。”

“你为何来蓟城？为何能够找到我？”

“我想看移花宫的绝技，我娘不让我来，后来又说你在这里，说让我一定找到你，有你保护，她才放心我去接触移花宫的人。”

“我并不曾看到师父与师母有过联系，师母又是怎么知道我的行踪的？”

“入了师门你身上就会被种上一种异香，你摸摸你的颈部，那块鼓起的地方便是，这种香味只有自己人才能察觉。至于我娘和我爹，他们的故事老长了，以后我慢慢说给你听。现在我觉得你还是先解决了我们下方这两个人再说。”

“他们的事情，交给他们解决就好了，两人决斗尚且有望生还一人，我若出手，他们都得死。”步逍遥摸着颈部鼓起的小肉包说道。此刻他已经对眼前女人的身份深信不疑，原以为天下再无亲人的他，突然凭空多出来一个师妹，还有一个未曾谋面的师母，这让他太高兴了，高兴得根本无暇他顾。

“我忘了，步逍遥的刀一旦出鞘，必要见血方收，只是以你的武功对付他们俩，完全用不上刀的。”

“若他们联手对付我，那可说不定呦。我们还是找个清静的地方，好好聊聊师父和师娘的故事吧。”说着步逍遥就率先飞身下了树。

05

树欲静而风不止，步逍遥带着裴儿刚回到状元阁，就遇上了移花宫的人。和丐帮这种靠人多取胜的帮派不同，移花宫里据说一共还不足十人，但里面每个人都是擒拿和下毒的高手，所以这次来蓟城招生，移花宫只派了三个人。三人中以一个身材娇小的头戴面纱的青衣女子为首，紧随她的是两个看上去年过半百的紫衣妇人。

回状元阁的路上，步逍遥问了裴儿的全名，竟然就是京城第一美女胡裴儿，而那添香楼的楼主蝴蝶夫人，必然就是胡裴儿的娘亲了。虽然没去过京城，但对这两位的名声步逍遥是早有耳闻，师父竟然和蝴蝶夫人有一段情，实在是让人惊讶。也正是因为急于知道师父当年的经历，步逍遥看到了移花宫的人，也没当回事。西冷颜交代的任务固然重要，对他来说却也不急于这一时。杀人不过一瞬间，擒拿活口也费不了多大功夫，听八卦却不同了，没个一天一夜，步逍遥估计是听不完师父的故事的。

步逍遥不放在心上，道士沈天戈却不能，一见移花宫来人，他第一时间冲了下来，但一看到头戴面纱的少女，他就愣住了。

“你不是姬染，姬染为何没来？”沈天戈说话之间，跟他同来的男女也下了楼，气氛顿时紧张了起来。

“谁来谁不来是我移花宫的事情，你是何人？挡我移花宫使的路，是嫌命太长了吗？”移花宫的青衣少妇随手一挥，沈天戈就被一团七彩烟雾包裹住了。

“别在这里打架，要打出去打，在这里就都给我老实点，不要影响我聊天休息。”已经走到楼梯尽头的步逍遥突然回头说了这么一句，字字中都带着无穷的杀意。那团七彩烟雾被这杀气一冲，顿时消散。

“多谢大侠出手相助。”沈天戈对着步逍遥施了个大礼。

“这样狂放的杀气，此人难道是步逍遥？”虽然戴着猫脸面具，可杀气是旁人无法模仿的，沈天戈身边的蒙面妇人一下就认出了步逍遥。

步逍遥并没有因为被认出而停下脚步，楼下的众人在他眼里如同死人一般。顺着店小二的指引，他到了西冷颜早就给他定好的天字一号房。

移花宫的两名紫衣妇人正要发怒，戴面纱的少女小手一挥，三个人就如同什么也没发生过一般，也跟着店小二去了她们自己的房间。

楼下就只剩下沈天戈等人，大眼瞪小眼地看着她们离开，技不如人，再加上他们要找的姬染也没来，对于他们来说这一趟只能是白跑了。

蒙面妇人率先离开，独眼人走的时候还拍了拍沈天戈的肩膀，想带他一起走。但沈天戈显然不甘心。和冲夺命水而来的众人不同，他来是因为血海深仇。虽说很多时候，利益大于仇恨，但对于某些人来说，有时候仇恨大于利益。

06

“二十年前，我爹送我娘去西域，并且约好了再不相见。但我娘却放不下我爹，我娘的身份是西域锡兰国公主，回国是迫不得已，我爹明明可以跟她一起走的，却非要留在中原找什么上古战场中留下的天玄宝物。他们大吵了一架，虽然分开了，但心里却还惦念着彼此。

“我娘回到西域后不久，就发现怀了我，于是她立刻回到中原，但已经没有了我爹的消息。很多年后才发现我爹改了姓名去皇宫盗窃地图，被打入死牢后又越狱了，但在狱中受了重伤，流落街头。后来他因为不愿看官府欺压百姓，打死了几个捕快，又被围攻，再次入狱，也就是这一次他在狱中遇到了你。后面的事情你也都知道了。我爹没脸去见我娘，我娘却一直心系我爹，第一次去森林中找你给你安排任务的神秘人也是我娘派的。现在都说移花宫的人最可怕，其实我娘背后的杀手联盟才最可怕，只是我娘行事低调，不为人所知罢了。”

听完胡裴儿的讲述，步逍遥有种世界观被摧毁又重建的感觉，原来他的人生自结识师父起，就已经进入了师娘之手。但他心中还有一些疑问，正要出口，门外却响起了敲门声。

步逍遥打开门，就看到跪在地上的沈天戈，和身背麻袋的谢十九。

步逍遥皱了皱眉对沈天戈道：“男儿膝下有黄金，你虽然技不如人，却也不必如此作践自己，回去苦练即可，在这里跪我有何意义？”

不等沈天戈回答，步逍遥又对谢十九说道：“你还打算拉我入伙吗？我对丐帮真没兴趣。”

“我是来跟大侠道别的，此前有眼不识泰山让您见笑了，希望您看在丐帮的份上不要计较我等的鲁莽。”谢十九赔着笑道。步逍遥在楼下释放杀气的时候他刚好回到状元阁，那阵势可是把他吓出了一身冷汗，本来他想带着人悄悄离开，后来看到沈天戈在门口长跪，就也动了辞行的念头。怎么着也算是相识一场，不辞而别以后就真的是陌路人了，辞个行说不定还能成为朋友，行走江湖，多一个步逍遥这样的朋友，就少一些被杀的可能。

步逍遥没说话，对着谢十九摆了摆手，眼睛仍旧看着跪在地上的沈天戈。谢十九看没自己什么事儿了，就安心带着众乞丐离开了状元阁。

“我在武当和天山苦修二十年，本以为已经算是江湖中一等一的高手，没想到竟然连移花宫普通宫女的一招半式都对付不了。试问天下，还有哪个门派能收留我，能让我报了血海深仇？”

“移花宫的武术属于邪功，看透了并不难破；你的功力若是跟人硬碰硬，却算是一等一的高手了。但狡诈江湖，能够取巧的，谁愿意硬碰硬。若是想学取巧的功夫，我建议你去唐门。”虽然素无来往，但看着沈天戈，步逍遥就像看着当年的自己，从来不愿多管闲事的他动了帮人一把的念头。

“步大侠不肯收徒吗？我想拜在步大侠门下。”

“我独来独往惯了，收个徒弟多麻烦。你先起身吧，跪着说话多难看。你若愿意去唐门，我倒是可以帮你引荐。”步逍遥话音刚落，突然一声呼啸，状元阁内的蜡烛和灯笼全部熄灭了。

等蜡烛和灯笼再亮起时，坐在桌边喝茶的胡裴儿不知怎么趴在了桌子上。步逍遥慌忙去查看，一看之下，整个人像被什么东西击打了一样瞬间绷紧弹起，如同流星一般飞了出去。

弹向远处的同时，步逍遥一字一顿地留下了一句话给沈天戈——“不用再去唐门，留在此地等我。”

足足疾行了半个时辰，步逍遥才停下，被步逍遥追赶的人也停了下来。

“为什么要对胡裴儿下手？”步逍遥浑身颤抖地问出这句话。

“有她在，你还能安心完成任务吗？你还想让那小道士去唐门，我的话你全忘了吗？我不找你，你不可以找我。你以为你的武功已经天下第一了吗？天下第一的人是薛无衣。”说话间，西冷颜转身走到步逍遥面前，冷冷地看着他。

“那也不至于让胡裴儿死。”

“你真以为他是你师娘的女儿？你真以为你师父还有一个情人叫蝴蝶夫人？那不过是她编谎话骗你罢了。漂亮的女人都会撒谎，现在普天之下，不会骗你的只有我。”

“就算她是骗我，起码也等我弄清楚她为什么骗我吧，她并没有做出伤害我的事情，你就这样把她杀了，我倒是觉得，是你心中有鬼。”

“你怀疑我？好，那我们就此别过，此生再不相见。”西冷颜说完便腾空而起，消失在茫茫的夜幕之中。

步逍遥还在原地喃喃自语：“为什么？为什么？”

07

等到步逍遥失魂落魄地回到客栈的时候，胡裴儿的尸体意外地消失了。沈天戈说自己一直守在门口，不曾离开半步。

闻听此言，步逍遥突然仰天大笑道：“那她一定还没死，一定还没死。”

“大侠肯收我为徒了？”

“你暂时可以跟着我，你不就是想找移花宫借天玄镜了解当年命案的真相吗？我正好也要找移花宫的人问清楚这些年发生在我身上的事情。我可以带着你，但你的生死我不负责。”

“承蒙大侠不弃，徒儿感激不尽。”

“别，我没说收你为徒，只是让你做个跟班，你我年纪相仿，兄弟相称即可。”

“那怎么行，大侠……”

“无须多言，明日一早，我们去找移花宫的人问个明白。”步逍遥打断沈天戈的话，正要关门送客，门口突然一阵冷风吹过。

“不必等明日了，我现在就送你西去。”独孤暮随风而至。

“咦？空空和尚呢？”步逍遥见独孤暮衣衫不整，显然是经历了一场恶战。

“那个秃驴，早已死于我的刀下。”

“吹牛。怎么你还想跟我决斗？”

“天下人都说你刀法第一，有你在，我心头永远无法畅快。”

“你原来只是想要‘天下第一’的名号啊，那我送你好了，你可以对别人说我败在了你手上，我懒得跟你争这虚名。”

“我需要你送吗？要送，把你项上人头送我即可。”

“自不量力！”说完这句话，步逍遥身后的宽刀应声出鞘，一刀之下，独孤暮就被斩下了一条胳膊。

本来就独臂，另外一只手臂被拼装成刀的独孤暮这下彻底成了无手之人。但也幸好是独孤暮，换作他人，此刻已经是一具尸体了，能在步逍遥的刀下逃过性命，已经是万中无一的高手。

“大侠住手。”步逍遥的刀光再起，眼看独孤暮就要命丧这第二刀之时，移花宫的宫使突然出手用真气罩住了独孤暮。

“妹妹，不用管我。”独孤暮忍痛对移花宫使道。

“哥，妹妹已经是移花宫的人了，这是无法改变的事情了，你就不要再滥杀无辜四面树敌了。”移花宫使说着竟留下了眼泪。

“白鹿书院的人死有余辜，我让他们教你习文，他们却送你去移花宫这样的魔地。”独孤暮不知道用了什么办法，竟然瞬间止住了鲜血。

“为了白鹿书院师兄妹的性命，我是自愿去的移花宫，你真的冤枉他们了。他们不是不想留我，是没有能力留我。”移花宫使独孤云雪挡在了独孤暮和步逍遥之间，似乎是怕两人再起冲突。

“你告诉我移花宫在哪，我去血洗移花宫。”说话间，独孤暮断掉的手又装上了一把弯刀。

“呵呵，就你现在这个样子，还血洗移花宫？我估计现在小道士出手，都能轻松取你性命。”步逍遥不屑道。

“只要你放过我哥哥，我可以带你去移花宫。”移花宫使独孤云雪转身对步逍遥道。

“不用求他，哥哥还能与他再战！”独孤暮说着腾空而起。

“别，先别动手，要是真能去移花宫，我不介意了结了移花宫的事情之后，再跟你决斗。”独孤暮的杀意被步逍遥一伸手就化解了。

“我们在这里的一举一动，移花宫都可以通过天玄镜看到，想去移花宫恐怕没那么简单了。”一直不说话的沈天戈突然插口道。

“你们刚才动手的时候，我用真气笼罩了这个客栈，一个时辰之内，天玄镜看不到这里发生了什么。你们若想去移花宫，只需去西罗城等我三日，三日之后我完成了宫主交代的任务就跟你们会合。”

移花宫使独孤云雪道。

“若是我们会合时被天玄镜窥测到了怎么办？”沈天戈仍不放心。

“只要我完成了宫主的任务，按时回去复命就不会有意外发生，你们暗中尾随我即可。就算天玄镜发现了你们，也不会阻止我回移花宫。”

“那跟随你的两个宫女呢？”

“已经被我解决了，我就说她们是死于你们俩之手吧。到了移花宫，我们里应外合，只要擒住了姬染和婉儿宫主，剩下的人都好对付。”独孤云雪说起来一副胸有成竹的样子。

“我没问题，你意下如何？”步逍遥向独孤暮问道。

“留你再活几日也无妨。”独孤暮依旧嘴硬。

“那我们即刻就动身。说好了，我跟移花宫无冤无仇，我只想查查唐门和我师妹的事情，查清楚之后移花宫的人要杀要剐是你们的事情。”步逍遥说完这句话就飞身离开了状元阁。

沈天戈拼命追赶，赶了半炷香的时间才看到步逍遥的背影。沈天戈对着那背影大喊了一句话，顿时就让步逍遥停了下来，那句话是:“逍遥兄，方向反了，西罗城在西边。”

08

清晨，移花宫。

这座深藏于地下的宫殿里，开满了形状怪异的花朵，花朵下面，是无数条淡紫色的毒蛇。这种地方本不该有人类存在，即便有，也应该是模样恐怖的怪人。

宫殿的门是两块用机关控制的巨石，巨石左右分别刻着八个字，左边是“龙水镜母，洞量四海”，右边是“遁迹潜身，代管天下”。

如果你有力量推开巨石，就能看到一条狭窄湿滑的走廊，穿过走廊，就会看到那个只有轻功绝好的人才能飞跃的地下湖，湖的一半被食肉的植物占据，剩下的一半则潜游着巨型的食肉鱼。

跨过湖泊，就是刚才提到的布满了怪异花朵和紫色毒蛇的宫殿了。如果能不被前殿里的那些毒蛇伤到，到了后殿，就能见到生活在这里的人类了。

和预想的相反，这里虽然环境险恶，生活的人却一个比一个娇美，娇美到不像是寻常的人类，更像是神仙或者精灵。

在后殿一块大得无边无际的绒毯上，两个盘膝而坐的女孩正目不转睛地盯着一面镜子，看着镜子里映照出来的西罗城的情景。这就是传说中可知天地四海过去未来的上古宝物天玄镜。

西罗城此刻也是人声鼎沸，这座城市三面靠海，有两个码头，各色人等都在这里汇集。步逍遥和沈天戈来这里，正是为了等移花宫使带他们入海去移花宫。在他们看来，闯入移花宫这样的龙潭虎穴，必然是九死一生，但信念使然，有些事情不弄明白，活着便是行尸走肉。他们怎么也想不到，在他们看来如同龙潭虎穴一般的移花宫，轻而易举就可以进去，只是进去容易出来难，这张七年前就织好的大网，就差他们来自投了。

“宫主，要不要让云雪把步逍遥杀了，只留沈天戈一人进来？”盯着天玄镜观察的少女突然抬起头对身旁的女子道。

“染妹糊涂了，沈天戈虽然是剑门最好的苗子，但我们灭了他满门，还送他去天山，也没有把他激励成天下第一高手，用他来配云雪，太浪费云雪的资质了。”被称作宫主的女子道。

“可是步逍遥桀骜不驯，他这样的性情如果进了宫，定然会引起变数。”

“不用担心，我已经安排了薛无衣一同前来。”说着，宫主在天玄镜上画了一个符，镜中的情景便从西罗城变成了一片密林。密林中有一条笔直的小道，仅可容纳单人匹马通过。不一会儿，便有三个人先后骑马通过密林，他们分别是薛无衣、西冷颜和胡裴儿。

“那为何又让颜儿和裴儿一同回来？难道宫主改变主意，不用独孤暮了？”

“还是你懂我的心思，独孤暮双臂尽失，虽说根底尚在，终究没有步逍遥优秀。这三人中，取步逍遥为上，用沈天戈为中，独孤暮自己不争气，不到万不得已，是不会选他了。”

“我只担心步逍遥会带来变数，他的生辰卦象，全是大变之数，非人力所能控制。如果薛无衣年轻二十岁就好了。”

“时间最不可逆，染儿又发痴了。”

09

“三日之期已至，独孤云雪会信守承诺吗？你对独孤云雪了解多少？”西罗城码头旁边的一家客栈的寻常客房里，步逍遥一边喝茶，一边问坐在床头擦剑的沈天戈。

“我这十多年来一心修炼，从不问世事，这个问题更应该是我问你。江湖传言她是被移花宫掳走的，可是我看她的神色，怎么像从小就生活在移花宫的人一样。”

“从小生活在移花宫的人是什么样子？”

“骄傲、冷漠。我在武当的时候，姬染就是被那样一帮人带走的，那些人的神色，非常像独孤云雪。”

“你这么一说，倒是让我想起了一些往事。”步逍遥的脑海里，关于西冷颜当年被人带走的情景一闪而过。

“什么往事？”

“也没什么，说点别的吧，这次我们若是成功进入并离开了移花宫，你之后有何打算呢？”

“我没想那么长远，如果能成功解开疑惑，报了我剑门的血海深仇，以后做什么都行，我最想做的还是跟着你学武术，成为真正的高手。”

“做高手？我怕你耐不住寂寞，我看你的神情之中，除了仇恨之外，还有一些别的东西。如果你真要跟我习武，不妨坦白跟我说说。”

“我……”沈天戈放下了手中的剑，半响不语。

“如果实在说不出口，不说也罢，只是有心结的话，你是无法学会我的武功的。”

“其实，也只是我的单相思罢了，移花宫的姬染，曾是我青梅竹马的师妹。”

“武当派还收女道士？”

“少林还有女弟子呢，武当怎么没有。不过姬染并不是纯粹的武当弟子，她的父亲曾经有恩于武当，她父亲去世后就把她托付给了武当。”

“她对你还有情吗？”

“我不知道，我们很久没有见面了，我都不知道见了面我是否还能认出她。”

“不管怎么说，有这段情在，我们此次去就少了点凶险。”

“难说，移花宫的人，亲姐妹都能相残，何况师兄妹，她们整个就是一个邪教。”

步逍遥和沈天戈一直聊到了深夜，算准了独孤云雪归来的时间后，两人就飞身上了房顶，眼看着独孤云雪一行人穿城而过，在城西的码头上了一艘红色的帆船。

沈天戈正想跟过去，却被步逍遥拦住了。在沈天戈疑惑的眼神中，一个黑色身影随着独孤云雪一行人也上了船。

“是独孤暮？”沈天戈像是自言自语，又像是在问步逍遥。

“当然，他这时候就现身未免有些心急了，独孤云雪的出现扰乱了他的心智，要不然以他的武功，在蓟城不会败得那么惨的。”

“管他作甚，只是独孤云雪这次好像招了不少人，不太像移花宫的风格啊，往常移花宫出来一次都是只收一两个人。”沈天戈一边说一边数着刚刚登上船的独孤云雪一行人。

“你不是一心修炼不问世事吗？”

“偶尔也会听师兄弟们聊聊这些八卦嘛，都这时候了你就不要再戏弄我了，我们跟上去吧？”

“不急，我刚才观察了一下独孤云雪一行人的步伐，一共是一男七女。七女我不奇怪，怎么还有个男的？而且就步伐来看，这男的武功最高。而且他也发现了我们，登船后还回头朝我们这里看了看。”

“啊，男人？这会不会是一个陷阱啊？我一开始就觉得不对劲，移花宫哪儿那么好去的，而且以移花宫的做事风格，独孤云雪带我们去就属于背叛，是难逃一死的，虽说救兄心切，但背叛移花宫的话，她和独孤暮都活不成啊。”

“不管怎么说，她杀了那两个宫女是真的，我亲自检查过，那两个宫女的确死于独孤云雪之手。”步逍遥锁紧了眉头。

“说不定是诈死呢？移花宫有长命百岁之水，也有起死回生之术，即便她杀了她们，在我们走后也可以将她们救活啊。”

“没错。刚才那七个女人里，应该就有两个是先前死去的宫女。如此一来，移花宫我们是非去不可了。”

“为何？”

“去了说不定能让裴儿死而复生。”

“看不出你心中也深藏美人啊。”

“别废话了，走。”说完，步逍遥施展轻功上了红帆船，沈天戈紧随其后。

步逍遥没有想到的是，红帆船离开码头后不久，一辆载满了火药的铁甲船也离开了码头，而且正是朝着红帆船驶离的方向行进。在铁甲船的甲板上，横七竖八坐了一堆丐帮弟子，在丐帮弟子之中，谢老九显得格外夺目。

10

步逍遥上船后和沈天戈兵分两路，沈天戈去查七女，步逍遥去找那一男。船并不大，客舱更是仅能容纳二十余人。凭借过人的嗅觉和记忆力，步逍遥很快就找到了那个武功高强的男子的房间。

还没等步逍遥窥探到男子的面目，就听到身后一声呼啸，一把飞刀擦着步逍遥的腋下穿过，刀刃全部没入了船身。若是步逍遥反应慢一点，此刻已经是一具尸体了。

“穿胸刀？”步逍遥话音未落，一连七把飞刀分上中下左右先后而来，步逍遥只能拔刀力挡才躲过这一劫。

“七星连发？阁下莫不是薛无衣？”能在两招之内就逼步逍遥拔刀，除了薛无衣之外，步逍遥想不到其他人了。两人虽然是第一次交手，但对对方的招式却早已烂熟于心。

“船上嘈杂，可否随我到海上一决高下？”薛无衣默认了身份后，几个腾挪之间，就消失了。

此刻船已离岸，步逍遥紧随其后上了甲板，远远地看到一个人影站在海浪之上，随波起伏，像是没有重量一般。

步逍遥并不好战，但遇到这样的对手，就像下棋遇到了只差半步的残局，不走下去看个明白，他这辈子是无法心安的。一场痛快淋漓的比武，对于他这样的人来说，胜过数十年无聊的光阴。

刀既出，必伤人。

步逍遥双手抱刀，箭一般射向那人。

船上也都是武林高手，听到动静纷纷出来围观。沈天戈这才发现，那一行七人中，有几个都在蓟城跟他见过面，她们分别是：独孤云雪、西冷颜、胡裴儿、两个死而复活的移花宫女以及两个十岁左右的女童。

移花宫女死而复活也就罢了，此前沈天戈就不信任独孤云雪，但胡裴儿的出现还是让他大吃一惊，在他看来，胡裴儿是步逍遥的人，即便死而复生，也不该跟移花宫的人搅在一起。好在船上的人都在盯着水中的恶战，并没有人注意到在暗处吃惊的他。

11

天下第一杀手对暗器之王，江湖上百年难遇的恶战，观战的人都兴奋不已，不知不觉船已经离开码头很远很远了。

暗器之王薛无衣也是第一次遇到这么强劲的对手，他发出的每一件暗器都被步逍遥打入了水中，有些无辜的鱼类因此而丧命，时间久了，他们脚下的海水都红了。

步逍遥虽然挡住了薛无衣的无数次攻击，但一炷香过去了，他还是在抵挡，并没有找到还击的空隙。薛无衣身上似乎有用不完的暗器，金制的、银制的、铜制的，发出这些暗器时步逍遥并不感到惊奇，但到后来薛无衣竟发出了冰刀。

两个人虽然在打斗，却也不忘注意船只的航向，两个人不断地调整方位，随着船的变化而变化。因为两个人都知道，他们之间的比试已经不是一招一式或者内力的比拼了，而是体力的比拼，谁的体力先消耗完，谁就输，而体力消耗尽之后必然是要回到船上休息，不然就会跌落水中成为鱼类的美食。如果说最后没有死于对手之手，而是死于鱼口，那就太窝囊了。

在变换方位的时候，步逍遥发现薛无衣的冰刀居然是现场制作的，他一手取水，在两手交替的一瞬间，水就被凝结成了冰刀，然后立刻发出。

这两手交替的一瞬间，在步逍遥看来，就是他还击的最好时机。虽然论体力，年长他二十多岁的薛无衣肯定不如他，再加上他一直在防守，完全没有耗费多少体力，但还不了解船上的情形，他必须速战速决，剩下的七个女子，他不认为沈天戈一人能够对付。

然而，就在他找准时机挥刀使出他最拿手的“天地变色”的时候，薛无衣却不见了，前后左右都没有，那必然是沉入了海里。

是气力耗尽了吗？怎么会这么巧呢？步逍遥带着疑惑又在东南西北四个方位对着海面劈了四刀。在他看来，除非是沉入海底，不然这四刀足以逼出薛无衣。虽然这四刀的威力杀气太重，但从小师父就教过他，对对手的仁慈就是对自己的残忍，更何况他不认为已经达到“化万物为我所用”境界的薛无衣会死在这四刀之下。

但他还是失算了，四刀过后，除了海水更红、鱼类的尸体更多之外，薛无衣还是不见踪影。无奈之下，步逍遥只好回到船上，但是一登船他就愣住了，船上的女人也不见了。

好在沈天戈还在，一见步逍遥回来，他就跳了出来。

“独孤云雪她们呢？”

“被我消灭了扔进海里了。”

“吹牛，快说她们去哪儿了。”

“你先别急，你猜我刚才看到谁了？”

“谁？”

“胡裴儿，死而复生的胡裴儿，她就在独孤云雪等人之间。”

“你确定没有看错？美貌的人大都很相似。”

“绝对没有，我还看到了薛无衣的老婆西冷颜，还有之前被独孤云雪杀死的两个宫女。”

“还有谁？”

“另外两个应该是独孤云雪刚收的移花宫弟子。”

“太奇怪了，我检查过的，明明已经死了的人，怎么会活过来？难道是诈死？就算是诈死，为什么会跟移花宫的人在一块儿？”

“我总觉得这里面有阴谋。”

“不管阴谋阳谋了，找到她们问问就清楚了，快说她们去哪儿了。”

“船一到这里就停了，他们都跳进了海里。”

“跳海？难道这片海域下面就是移花宫？”

“我看多半是。”

“那还等什么，咱们也下去。”说着，步逍遥就跳进了海里。

12

随着身体不断下沉，步逍遥觉得越来越冷了，而且越来越黑暗，整个人好像在往地狱里沦陷的感觉，无边无际的。

这种感觉持续了不知道多久，步逍遥的意识都有些模糊了，终于踩到了海底。一到海底，眼前立刻变得清晰起来。就在离步逍遥着地处几百米远的地方，有一条人工修建的闭水甬道，顺着弯弯曲曲的甬道进去，就看到那两块刻着“龙水镜母，洞量四海”“遁迹潜身，代管天下”十六个字的大石头。

沈天戈很快跟了上来，他们两个都忙着进移花宫，完全没有想到，后面还跟着丐帮的一队人。

两块巨石被机关控制，在外面无法打开，要进入就只能破石而入了。步逍遥围着石头走了很久，直到沈天戈过来也没想到对策。

“你还愣着干什么，一刀劈开啊。”好不容易摆脱了海水的压力，沈天戈觉得浑身都是力量。

“劈开是容易，但那就是挑明了跟移花宫为敌了。我们是来搞清楚真相的，不是来搞破坏的，上来就砸了人家的门，好像不太好。”

“我们都闯到这里了，我不认为移花宫的人会让我们活着离开，既然如此还讲什么客套话，你不砸我砸了啊。”

沈天戈拔出长剑正要动手，两块石头自己分开了。显然，是移花宫的人发现了他们。

“你看，我一说要砸，她们自己就开门了，这种人你不给点颜色看看，她们就不可能会听我们的。咦，那是什么，哎呦！”沈天戈正说着，一条藤蔓突然飞速打来。因为离得太近，完全避不过，等两人想要拔出兵器抵挡的时候，藤蔓已经打在了沈天戈脸上。

“还是别说了，进去找到人再说吧，这里太古怪了。”步逍遥双手握刀，如临大敌。现在他们在明，对方在暗，一不小心就会着了道，他可不想莫名其妙地被藤蔓抽上一下，尤其是想到等会儿就要见到胡裴儿了，脸肿了还怎么见人。

正想着，两个人就走到了走廊的尽头。

“怎么没路了？难道要我们游泳过去？”看着路尽头的湖泊，沈天戈揉脸道。

“这湖里半边全是张牙舞爪的花草，那半边又平静得不像话，别说游泳，估计进入就死了。”

“那他们是想考验我们的轻功，让我们从空中过去？”

“多半是，只是这些花草估计能伸展到空中，过去的时候还是要小心。”

两个人说着就准备飞跃地下湖，刚到半空，湖中的花草果然伸展到了半空中，好在他们早有准备，挥刀弄剑，也算是有惊无险。

刚摆脱了花草的纠缠，以为安全了，结果突然从湖中跃出一条巨大的怪兽。沈天戈一剑下去正中怪兽的牙齿，剑折了，怪兽也吃了痛，沉了下去。

“这是什么怪兽？居然比我的玄铁宝剑还结实，要是拔了它的牙齿做成剑，那肯定是天下第一剑了。”跃过湖泊后，沈天戈还不住回头看，一副恋恋不舍的样子。

“你还想拔它的牙？它是不想跟我们纠缠，不然以我们俩的功力，未必是它的对手。”

“一只畜生而已，想点法子总能除了。”

“你真是记吃不记打，脸上不痛了？在这种地方，要学会尊重对方。那只怪兽不知道活了多少年了，说不定还是我们的前辈呢。”

跃过湖泊后没走多远，两个人就看到了一座巍峨的宫殿，宫殿前竖着一块石碑，碑上龙蛇飞动般刻着几行文字。文字的大致意思是说——周天子无道，群雄分天下，始皇帝出而四海和。为长久维持天下一统，始皇帝想多活几年，就派徐福寻找长生不老药。徐福率五百童男童女，入海后兵分两路，童男一路东去，童女直取海底。若干年后，童男在东瀛建立岛国，童女在海底建成移花宫。童男们随着徐福的病逝，早已忘了自己的使命和来历，反倒是童女们率先在深海中找到了长生不老之水。只是水出时，汉已代秦，天下大定，为了百姓着想，童女们只好深藏海底，潜心修炼。长生水可供人延寿三百年，每隔二百九十三年，童女们就要派出诸人出去寻找下一代童女的继承人。童女继承人的任务是待天下大乱之时，出去拯救苍生，辅佐真龙天子。自秦汉到元明，每一代君主身边，都有童女的身影。

石碑上的文字只占据了石碑的一小块，从字迹上可以看出这些文字是在不同时期由不同的人刻上去的，后面留的地方肯定是为了让后人继续记载移花宫的历史。

两个人正盯着碑文嘀咕，上面突然又显现了一行字。这行字的大概意思就是说——明末，移花宫召唤独孤云雪，培育沈天戈、西冷颜、胡裴儿，引来步逍遥，都是为了应对二十年后的明清之乱。

“这行字刚才没有的吧？”沈天戈揉了揉眼睛说道。

“是没有，怎么凭空就出来了，还有你我的名字？”

“难道移花宫的人已经练成了隐身之术？”

“故弄玄虚，有本事出来我们真刀实枪地打一场。”沈天戈冲着碑文大喊。

“别慌，看这碑文的意思，移花宫好像早就知道你我会来，她们的目的也只是为了江山社稷的安稳过渡？”

“你还真信这个啊。上面说她们培育我，我怎么不知道？我是在天山和武当长大的，关移花宫什么事？”

“还是先进去看看再说吧。”说着，步逍遥进了前殿。

刚一进去，就闻到了一股子奇异的花香，等到他想掩住口鼻时，已经来不及了，几条怪蛇飞速上来将他绑了起来，接着他就失去了意识。

等步逍遥醒来的时候，发现自己赤身裸体躺在一个明亮房间的大床上，旁边躺着同样赤身裸体的胡裴儿和独孤云雪。虽然从未经历过云雨，但他也很清楚发生了什么。摇醒两个女人之前，他先穿上了衣服，四周观察了一番。看床上的被褥和房间里的摆设，这应该是个女人的房间。

感觉暂时没有危险之后，步逍遥想帮胡裴儿和独孤云雪穿上衣服，但他刚回到床边，两个女人就醒了。

看着光着身子的自己，独孤云雪飞快地穿好衣服，对着胡裴儿说道:“任务完成了，再给你一炷香的时间，解决完记得把这里打扫干净。”说完，独孤云雪就离开了房间。

四目相对，胡裴儿羞红了脸，也赶紧穿好了衣服，下了床。

“这一切都是你们设计好的？目的是什么？”步逍遥觉得自己受到了莫大的羞辱，他倒不是不喜欢跟胡裴儿亲近，只是独孤云雪也来是什么鬼啊?

“目的很简单，培育天下最优秀的年轻男子的子孙，以防天下大乱。”

“你们不光选了我吧？”

“没错，还有沈天戈、独孤暮和薛无衣，但是薛无衣失败了，沈天戈和独孤暮也被淘汰了。”

“这么说西冷颜也是你们的人？唐门七剑也是你们杀的？还有沈天戈一门、白鹿书院和少林僧人的死都是你们做的？”

“可以这么说。”

“唐门七剑与你们的计划并无联系，为何要杀了他们？”

“他们妨碍了西冷颜。”

“那白鹿书院呢，他们的性命难道和剑门一样只是为了激发独孤暮的武功潜能？”

“还是你聪明，如果沈天戈和独孤暮不能面对百十条生命的消失，他们的后代又怎么能在动辄死伤万人的战场上发挥自己的能力呢？”

“为了你们的计划，让这么多无辜的人丧命，你们还好意思说代管天下，天下被你们这样管，只会越来越乱吧。”

“天下大势自有定数，我们的存在只是为了防止天下大乱。”

“你的意思是，如果我此刻消灭了你们，天下就会大乱了？”

“若我们不存在了，那明清之后，真命天子也不会存在了。”

“你这么肯定你腹中已经有了我的孩子？”

“不确定，所以宫主才安排了独孤云雪和西冷颜跟我一起。西冷颜不好意思面对你，前日就走了。”

“前日？我在此间已经三日了？”

“没错，现在一切你都知道了，我该动手杀你了。”

“沈天戈已经被你们杀了吗？”

“那倒没有，他现在处于昏迷状态，除非你也失败了，才会用他。”

“你们果然是邪教。”说完步逍遥就想拔刀，习惯性地往背后一抽，才想起刀早就不见了。

就在这时，门外突然传来一声巨响，跟着整个房子都动摇了起来。胡裴儿跑到门口去查看，一个宫女匆匆跑过来说：“丐帮带了少林武当峨眉崆峒天山唐门的人来，宫主正在跟他们决斗，姬领事命你除掉步逍遥就去前殿护驾。”

宫女一走，胡裴儿转身对步逍遥说道：“我本就不想杀你，碍于天玄镜能看到我们的所有行动才冷面对你，此刻宫主和姬染都在忙，你快逃命去吧。”

“我看你并没有完全被你们的宫主洗脑，何不跟我一起走？”

“我还有别的任务。若我顺利完成了，那就还在我们第一次相遇的地方碰面吧。”说完胡裴儿就冲了出去。

胡裴儿对步逍遥撒了无数谎，但有一点她没有乱说，她的确是西域锡兰国公主的后人。她加入移花宫的目的，除了想学移花宫的幻术之外，更多地是想得到长命水和复生术，锡兰国现在已经被灭了，她想复活的人太多了，只要复活了那些人，她就可以重建锡兰国。

所以冲出房间后，她并没有去前殿，而是去找长命水和天玄镜了。

丐帮等人找到移花宫的所在后，知道自己实力太弱，没敢擅入，就回去给各大门派传书。所有门派几乎都跟移花宫有血海深仇，得闻丐帮要带头剿灭移花宫，都派了高手前来。如此丐帮还觉得不够，还从朝廷处调了一队炮兵。步逍遥在房间内听到的响动，就是火药制造的动静引发了海底震动，一时间移花宫所有的机关都失效了。

胡裴儿冲出去后，步逍遥也跟了出去。她走哪儿，他就跟哪儿，到最后长命水和天玄镜没找到，倒是把步逍遥的刀和困住沈天戈和独孤暮的房间找到了。

独孤暮跟在丐帮后面，一直暗中行动，可惜他的一举一动都被天玄镜关注着，刚到宫门口就被困住送了进来，比步逍遥还要早昏迷几个时辰。

救醒了独孤暮和沈天戈，说清楚了移花宫的目的，三个人顿时同仇敌忾，一同杀往前殿。以他们三个的武功，加上少林武当等门派一起，却也都不是移花宫主的对手，更何况少林武当之中也有移花宫安排的人，只是移花宫主千算万算没有算到宫内有胡裴儿这个内鬼。

一直找不到长命水和天玄镜，胡裴儿心急了。这是千载难逢的好机会，这两样东西一到手，她就可以摆脱移花宫的管制了，可照目前的情形来看，这两样东西多半是被宫主随身带着，要不然就是在姬染身上。她本不想对这两个人下手的，现在也由不得她了。在步逍遥等人去前殿之前，她把移花宫主和姬染所有的死穴都告诉了三人。

等三人赶到前殿的时候，几个门派的人早已经被消灭了，地上全是人和蛇的尸体。移花宫主站在石碑前面，用手指凭空写道——“明末，九大门派围攻移花宫，宫中龙仆与九大门派同归于尽。”

宫主身后站着西冷颜、独孤云雪、薛无衣还有姬染，看到三人突然冲出来，独孤云雪大吃一惊，失声问道：“你们怎么出来了？胡裴儿呢？”

独孤云雪话音刚落，姬染就从怀里拿出了天玄镜，几个翻找，就看到了胡裴儿的身影，胡裴儿仍旧在姬染和宫主的住所里翻找。

“她有异心，我去除掉她。”说着姬染就消失在了前殿。

“我也去。”西冷颜和独孤云雪异口同声道，说完也消失了。

“记得留活口。”移花宫主隔空传音道。

姬染是不想留在这里亲手杀了沈天戈，西冷颜是不想对步逍遥下手，独孤云雪的离开，是为了独孤暮。而移花宫主要留活口，显然是为了胡裴儿腹中的孩子。

三人一走，场上就剩下移花宫主和薛无衣了。步逍遥之前就没和薛无衣决出高下，正好继续打下去。虽然沈天戈不是移花宫主的对手，但独孤暮失去双臂后武功变得极其邪门，可以牵制住移花宫主的大部分功力，加上他们知道了移花宫主的死穴，步步下的都是杀手，一时间竟打成了平局。

时间一点一点过去，在场的五个人都清楚，再拖下去，等姬染等人除了胡裴儿回来，胜败就毫无悬念了。

步逍遥担心胡裴儿遇害，一上手就反守为攻，但三刀之下没杀了薛无衣，倒是把前殿给劈塌了。

殿塌了之后，地下突然涌出了海水，一时间水流蔓延，整个移花宫都被淹没了。这个变故让移花宫主有些分神，随着水位上涨，她的动作明显变慢了。步逍遥借此机会转身对移花宫主就是一刀天地斩，移花宫主当场毙命，而步逍遥因为把后背留给了薛无衣，也中了薛无衣的暗器，顿时昏迷不醒。

眼看移花宫就要被淹没，移花宫主又已经毙命，加上九大门派里已经有人知道薛无衣投靠了移花宫，为了早点回唐门稳住人心，薛无衣也无心恋战，伤了步逍遥之后就离开了。

等到步逍遥醒来的时候，正枕着胡裴儿的玉腿躺在蓟城郊外的大榕树上，要不是身上还裹着纱布，他真要以为这一切都是一场大梦。

听胡裴儿说，西冷颜和独孤云雪也都思变已久，只是碍于宫主不敢动念，宫主一死，她们心头种的蛊也跟着死了，两人联手除了姬染，分了长命水和天玄镜。为了救步逍遥，西冷颜又把长命水转赠给了胡裴儿。

看着胡裴儿一脸重获自由的幸福模样，步逍遥翻身下树，立定之后道："走，我带你去西域，光复你的家。"

胡裴儿却没有立刻跳下来，而是摸着自己的肚子道："你来扶我下去，有了他，在哪里都是家。"

（全文完）

后　记

做自己，无需向任何人证明

我在还年少的时候，心中全是热血澎湃地去远方闯荡的梦。然而现实却把我困在一个贫瘠的小地方，甚至一场不大不小的病，差点要了我的命。

我觉得我有经天纬地的本领，却只能做着维持生计的琐事，还总是要听大人们的教训，说我眼高手低、好高骛远。

于是我写了我的第一个长篇。当时，为的是一个证明，证明我才华横溢，证明所有人都在轻视我。

当时没有想到，一写就是十年，一写就是三十本书。

十年过去，我已经不在意别人的眼光和看法，也不想再去向任何人证明什么。人生这么短，我要把时间用在我热爱和热爱我的人和事上。不喜欢我的、看轻我的一切，就让他们听风去解释吧。

然而十年之前，我害怕别人轻蔑的眼光，我急于向人证明，甚至那场病导致我觉得人生无常，我必须在死亡之前，给这个世界留下点什么，就算没有人喜欢我，我也要留下一本书，证明我曾经来过，证明我有过轰轰烈烈的梦想，只是未曾实现。

然而我急，世界却不急。

第一本书写完，因为风格太独特，没有出版公司肯出版。我只好根据市场需要写了第二本。第二本终于出版了，我也因此有了一些一直追随我到现在的读者，但也仅此而已。

并没有我幻想的大红大紫，一夜之间名扬天下；并没有受到所有人的尊重，过上我梦寐以求的生活；还是有人看轻我，嘲笑我，讽刺我，觉得我不适合写作。

这个世界上有才华的人太多了。随着年龄的增长，那个轻狂任性恣意妄为的我消失了，我开始感受到现实的残酷和自我的渺小。

唯一值得庆幸的，就是我还在坚持写作，虽然销量不好，但还是有一部分人喜欢看我写的文。就这样渐渐地第三本、第四本、第五本写完了出版了，等到第六本《陪伴是最长情的告白》上市的时候，我已经从想要向周围人证明我的才华，变成习惯和喜欢上了写作本身。

我开始明白，这世上没有一劳永逸的事情，就算我红了，还是会有烦恼，还是会有非议，就算第一本书畅销了，第二本书也未必会跟着畅销。

看开了之后，我的书反而开始畅销，开始被越来越多的人关注。因为早些年写历史、写武侠、写奇幻、写青春成长、写都市爱情，在去年做全国签售会的时候，我发现我的读者群竟然从十几岁一直蔓延到了几十岁。

在几十岁的老大爷拿着我的书，劝我不要太拼注意身体健康的时候，当十几岁的女孩从遥远的城市赶来只为了在现实里看我一眼的时候，我开始明白，所有的努力和付出都不会被辜负，只是有些回报需要等待，这等待有时候没有期限，如果我没有坚持下来，可能永远也看不到了。

不过在这个物欲横流的时代，证明了自己的才华，并不是什么了不起的事情，父母仍旧会因为我赚的钱没有经商的哥哥姐姐多而劝我改行。好在我已经不再是那个遇到轻视就急于证明自己的毛头小子，我懂得了选择自己喜欢的行业和工作，努力去做好，在过程中不断成长进步，是比结果更重要的事情。毕竟人生短暂，最重要的是做自己。

在《我走过最长的路，是你给我的套路》这本书里，我也做了回自己。不再像过去那样，围绕一个主题写一个大长篇，整本书就一个人物；也不像写短篇小说那样，整本书都谈爱情和人生；我幻想出来的对这本书的阅读状态是，读者不管翻开哪一页，都可以读下去。

而且不是一口气读完就算了，可以反复地读，读很多遍，因为我关于人生的所有感悟，都在这本书里，虽然表达的方式有所不同，但想要表达的东西，已经全部表达了。

这些年我写了太多书，有好评，也有差评，关于口碑，我已经看淡了。反正不管是否出版，是否有人喜欢，写作已经变成我的日常，一天不写，就会觉得空虚乏味。

这本书的命运会如何，很难预料，我希望畅销大卖，但畅销大卖之后势必带来各种评价；我也希望百分百好评，但百分百好评肯定意味着看的人不多。书红了也和人红了一样，会带来各种乱七八

糟的消息。无论如何，在书的最后，我都怀着美好的期待，希望每个看到它的人都喜欢它，同时也感谢校对、编辑、设计、排版、出版、发行等这本书的所有工作人员。